講談社文庫

茶葉

交代寄合伊那衆異聞

佐伯泰英

講談社

目次

文代寄合伊那衆異聞

茶葉

◆「交代寄合伊那衆異聞」——おもな登場人物◆

〔藤之助《とうのすけ》とヘダ号の一行〕

座光寺《ざこうじ》藤之助為清《ためすが》
座光寺家の若き当主。天竜川《てんりゅうがわ》の奔流《ほんりゅう》で鍛《きた》えた信濃《しなの》一傳流《いちでんりゅう》の遣《つか》い手《て》。吉原《よしわら》の花魁《おいらん》瀬紫《せむらさき》と出奔《しゅっぽん》した不行跡の先代左京《さきょう》を斃《たお》し、成り代わる。異国を知り、その豪剣で数々の伝説を打ち立て、東方交易《とうほうこうえき》に参画。お家断絶の危難に、一族の活路を交易に見出そうとする。指揮官《コマンダンテ》。

田神助太郎《たがみすけたろう》
藤之助に同行する腹心の伊那衆《いなしゅう》。十郎兵衛《じゅうろうべえ》爺《じい》仕込みの山歩きの達人。

佐々木万之助《ささきまんのすけ》
講武所《こうぶしょ》軍艦操練所生から東方交易の雇員に。ヘダ号一之組組頭《くみがしら》。

後藤時松《ごとうときまつ》
同じくヘダ号二之組の組頭。三挺鉄砲《さんちょうでっぽう》を使う藤之助の助手も務める。

氏家寅太《うじいえとらた》、増島一太郎《ますじまいちたろう》、水村初蔵《みずむらはつぞう》、園田吾七郎《そのだごしちろう》、田中善五郎《たなかぜんごろう》、津江銀次郎《つえぎんじろう》
万之助、時松と行動をともにし、藤之助を師と仰《あお》ぐ。

劉源《りゅうげん》
松葉杖《まつばづえ》の男。黒蛇頭老陳《くろじゃとうろうちん》の配下だったが負傷し離脱。一行の後見方《こうけんかた》。

リンリン
小邨《しょうそん》の鉄格子から脱出した藤之助に付き添った小娘。ヘダ号の賄《まかな》い方《かた》。

李頓子《りとんし》
東方交易で働く上海《シャンハイ》育ちの少年。藤之助やリンリンを手伝う。

〔揚州《ようしゅう》、茶旗山《ちゃきさん》〕

水村宋堪《みずむらそうたん》
抜け荷船で揚州に渡っていた日本人。異臭を放つ破《やぶ》れ笠《がさ》の僧侶。

与名知《よめいち》　銘茶を扱う老舗《しにせ》の痩西茶公司《そうせいちゃこうし》支配人。茶葉密偵《プラント・ハンター》を警戒している。

東李孫《とうりそん》　揚州の茶問屋組合の有力者。痩西茶公司当主の延順風《えんじゅんぷう》とは反目。

熔慎双《ようしんそう》　藤之助一行の目的を探るため、東が差し向けた茶政庁の役人。

昆光晋《こんこうしん》　茶畑が連なる茶旗山の山寺瑯蘭寺《ろうらんじ》の副住職。棒術を教える。

〔レイナ一世号〕（東方交易所有のクリッパー型快速帆船。交易を求め南洋を航海中）

高島玲奈《たかしまれいな》　長崎高島家の孫娘。父はイスパニア人。馬術、射撃、操船が得意。藤之助と上海に密航し、〝黙契《もっけい》の妻〟となった。レディー・レイナ。

黄武尊《こうぶそん》　長崎唐人屋敷の長老で筆頭差配。玲奈とともに交易責任者を務める。

篠原秦三郎《しのはらしんざぶろう》　南方諸国の経験が豊富なもと浪人。古藤田流《ことうだりゅう》。上海で藤之助の配下に。

古舘光忠《ふるたちみつただ》　藤之助の一の家臣。片桐朝和《かたぎりあさたか》の甥《おい》。レイナ一世号の警護隊初代隊長。

林雲《りんうん》、飛龍《ひりゅう》　警護隊副長。東方交易に雇《やと》われた唐人たち。

滝口冶平《たきぐちじへい》　幕府講武所の訓練船ヘダ号の主船頭から、レイナ一世号の船長へ転身。

高小魯《こうしょうろ》　横浜の商人魯桃《ろとう》の配下にいた水先案内人。ストリーム号航海方《こうかいかた》。

〔バタビア、マラッカ〕

ドン・ミゲル・フェルナンデス・デ・ソト　イスパニア人医師。娘の玲奈と再会を果たす。

グ・テキストル　東方交易との取引を望むバタビアのオランダ交易商人。

ドニャ・フランチェスカ　ソトがバタビアでつきあいのあった女性。夫はゲオルグ。

〔伊那谷山吹《やまぶき》陣屋〕（直参《じきさん》旗本千四百十三石の交代寄合衆《こうたいよりあいしゅう》だった座光寺一族の本拠地）

片桐朝和神無《じんむ》斎《さい》　陣屋家老。藤之助に信濃一傳流の奥義を授けた剣の師匠。

〔長崎〕

高島了悦《りょうえつ》　長崎会所《かいしょ》の町年寄《まちどしより》で高島家の当主。玲奈の祖父。薫子《かおるこ》は娘。

椚田太郎次《くぬぎだたろうじ》　長崎江戸《えど》町惣町乙名《まちそうまちおとな》。藤之助、玲奈の支援者。

ドーニャ・マリア・薫子・デ・ソト　玲奈の母。きりしたん。外海《そとめ》に身を隠す。

岩峰作兵衛《いわみねさくべえ》　藤之助の弟万次郎《まんじろう》らと造船技術を学んでいる伊那衆の若者頭。

あやめ　伊那衆おきみを預かっている長崎南蛮菓子舗《なんばんかしほ》福砂屋《ふくさや》の三姉妹の末娘。

〔土佐〕

坂本龍馬《さかもとりょうま》　江戸の剣術修行から戻る。郷士《ごうし》の次男だが異国に強い関心を持つ若者。

磯崎和吉《いそざきわきち》　上士《じょうし》の納戸方《なんどかた》。龍馬の剣術道場の先輩で、長崎から土佐に戻る。

〔上海〕

葛里布《かつりふ》　東方交易上海本店支配人。副支配人は長崎会所の乙名池田平蔵《いけだへいぞう》。

老陳　黒蛇頭を率いる藤之助の仇敵《きゅうてき》だったが、副将の呉満全《ごまんぜん》の裏切りに遭《あ》う。

〔幕閣と旗本〕

井伊直弼《いいなおすけ》　彦根《ひこね》藩主。大老。安政《あんせい》の大獄《たいごく》を断行し攘夷派《じょういは》とも開明派《かいめいは》とも対立する。

勝麟太郎《かつりんたろう》（海舟《かいしゅう》）　長崎海軍伝習所第一期生。咸臨丸《かんりんまる》を率いてのアメリカ渡航が目前に。

第一章　泥の川

一

清国《しん》の咸豊《かんぽう》九年（安政《あんせい》六年／一八五九）夏の昼下がり、一艘《そう》のスクーナー型二檣帆《しょうはん》船《せん》が長江《ちょうこう》をゆったりと遡上《そじょう》していた。

中国第一の大河は青海《せいかい》省南西部ゴラタントン雪山に水源を持ち、雲南《うんなん》、四川《しせん》の省境を北東に流れ、内陸部の都重慶《じゅうけい》を経て、三峡《さんきょう》に達する。さらに湖北《こほく》省を横断し、江《こう》西《せい》、安徽《あんき》、江蘇《こうそ》省を悠々と時に潤《うるお》し、時に奔流《ほんりゅう》して耕作地や町村を荒らしながら、東シナ海に流れ込む。

長江の全長は千五百七十五里（約六千三百キロメートル）と、途方もなく長大な河の流れであった。

長江は中国に恵みをもたらすとともに時に増水し、氾濫《はんらん》した。ともあれこの流れから受ける恩恵は計り知れないものがあった。そのことは大河を往来する無数の船が証明していた。長さ一間半（約二・七メートル）余の漁り舟《いさりぶね》からジャンク船、さらには洋式外輪船まで往来していた。そんな大小の船に混じって和洋折衷《せっちゅう》の帆船があった。むろん全長七十尺余の帆船、ヘダ号だ。

船長は久しぶりにヘダ号に戻ってきた座光寺藤之助《ざこうじとうのすけ》で、その傍《かたわ》らには劉源《りゅうげん》が後見方《こうけんかた》兼水先案内人として控えていた。そして、実際に操船するのは徳川《とくがわ》幕府の講武所《こうぶしょ》軍艦操練所生から藤之助が上海《シャンハイ》の東方交易《とうほうこうえき》の雇員《こいん》として受け入れた佐々木万之助《ささきまんのすけ》、後藤《ごとう》時松《ときまつ》、氏家寅太《うじいえとらた》ら十八人の若者たちだ。その他に座光寺家の家臣の田神助太郎《たがみすけたろう》、賄い方《まかなかた》として東方交易の一員になった小娘リンリン、李頓子《りとんし》少年が乗り組み、さらに犬のクロと雀《すずめ》が一羽、ヘダ号の客として乗り組んでいた。

上海の黄浦江《ホワンプーチヤン》を出船しておよそ十数日、ヘダ号はようやく長江の河口から八十二里余も広がる長江三角洲《デルタ》を抜けようとしていた。

長江三角洲は上流から運ばれた大量の土砂を堆積《たいせき》させ、いくつもの中洲を形成しており、そこを大河は巨大な蛇《へび》のように蛇行していた。

藤之助には長大な歴史を流れの中に見ることができた。

この長江三角洲ではなんと七千年も前から稲作が行われ、多くの人々が暮らしてきたのだ。さらに五千年前には精緻《せいち》な玉器の良渚《りょうしょ》文化が花開き、紀元前七七〇年から前四〇三年の春秋時代《しゅんじゅう》に、この地では呉《ご》国、越《えつ》国が相《あい》争って栄えてきた。そして、北方民族の支配をうけるようになると、米の大生産地として長江三角洲は中国全土に知られた。

長江三角洲で栽培される米は網の目のように張り巡らされた運河によって中国各地に運ばれていった。

「天上に極楽あり、地上に蘇州《そしゅう》、杭州《こうしゅう》あり」

と称され、水郷地帯に雅《みやび》やかな古都が点在していた。

ヘダ号は長江三角洲を抜けて、揚州《ようしゅう》と鎮江《ちんこう》を目指していた。長大な長江は無数の分流、支流を持つが、鎮江は長江下流域の北端の都だ。

この数日、ヘダ号は長江三角洲の運河伝いに小さな邨《むら》に入り込み、人々の暮らしを見物して楽しんでは、また本流の長江に戻ってきたりしていた。

水先案内人の劉源や李頓子が土地の人々との応対をなすために、藤之助らは一度として不快な思いを経験することはなかった。人々は巨大な中国大陸の豊かな恵みを享受していた。

上海周辺の水郷地帯、江南《こうなん》地方を劉源の案内で体験した藤之助だった。だが、その北方に広がる長江三角洲はその壮大さによって藤之助を圧倒した。列強に侵食された上海とはまた別の世界であった。

まして、ヘダ号に乗り組んだ佐々木万之助らは上海以外を旅する初めての経験だった。最初の数日、両岸さえ霞《かす》むほどの長江の大きさに圧倒されて言葉もなかった。

「見飽《みあ》きません」

田神助太郎が長江を往来する大小の船に視線を預けながら呟《つぶや》いた。操舵場《そうだば》には藤之助、劉源、そして助太郎の三人がいた。

「劉源の国はわれらの想像を超えた国じゃな」

藤之助も助太郎の呟きに応じた。

断髪の髪を風になぶらせた藤之助は、劉源や李頓子と同じく土地の長衣を着ていた。その下の革鞘《ホルダー》にホイットニービル・ウォーカー四十四口径のリボルバーを装着しているだけで、そのほか武器は身に着けていない。

田神助太郎は操船作業がしやすい筒袖《つつそで》の船衣だった。

「われらこの国に生まれた者にも中国全土を知る者はそうはおりますまい。数多《あまた》の民族が暮らし、多彩な顔がございます。これからが私にとっても楽しみな長江流域です」

「劉源は揚州を訪ねるのは初めてか」

「いえ、鎮江、揚州までは老陳《ろうちん》の命《めい》でいく度《たび》か船旅したことがございます。されどその上流は未知の土地にございます」

と答えた劉源が、

「助太郎さん、そろそろ上海で用意した服に着替えて下さい。在所に出れば異人が闊歩《かっぽ》する上海のようには行きませんからね」

と忠告し、

「畏《かしこ》まりました」

助太郎がその命に服し、操舵場から下りかけた。だが、

「藤之助様、万之助どのらの髷《まげ》はこのままで宜《よろ》しいのでございますか」

と問うたものだ。

上海を出て以来、万之助ら日本人はその出自《しゅつじ》を示す髷を笠の下に隠してきた。だが、これから内陸に入れば入るほどどのような役人の調べがあるかもしれなかった。出来ることなれば面倒は避けたかった。

園田吾七郎だけは、呉満全一味にさらわれた際に髷を切り落とされていた。

「万之助らと話し合《お》うたか」

はい、と頷《うなず》いた助太郎が、

「吾七郎どのを除く万之助どのら十七人は、東方交易の雇員になった時から髷を落とし、なりを変えることは覚悟していたようです。藤之助様の命次第でいつでも断髪する心構えです」

このところ田神助太郎は万之助らの兄貴分に徹し、地道に藤之助とのつなぎ役を果たしていた。

「郷に入《い》れば郷に従え、と申すではないか。まだこの清国が異人に開放されておるのは上海を始め、海沿いのごくわずかな土地よ。われらはこれからこの大国の内陸部に分け入っていくのだ、出来るだけ騒ぎは避けたい。せめてなりだけでも怪しまれぬようにせぬとな。助太郎、髷を切り落としてみると、気持ちまでさっぱりしたであろう」

黙って頷いた助太郎が操舵場から上層甲板《かんぱん》におりて仲間十七人を集め、断髪を宣言した。

一瞬、驚きの声が上がったが、直《す》ぐに静まった。甲板に筵《むしろ》が敷かれ、鋏《はさみ》が持ち出された。なにしろすでに藤之助も助太郎も断髪だった。

まず筵に万之助が座り、

「だれぞおれの髷を落としてくれぬか」

と願った。

ちょうどそこへ李少年とリンリンが姿を見せて、

「なんばすっとね」

と李頓子が万之助に尋《たず》ねた。

「見てのとおりだ、李頓子。藤之助様と同じように散斬《ざんぎり》にいたす」

「ふーむ、ようやくその気になったと」

長崎訛《なま》りの片言で応じた李少年が、

「万之助さん、おれが切っちゃるけん」

と一丁の鋏を握った。

すると万之助が凝然《ぎょうぜん》とした表情でかたまり、リンリンが李少年に唐人の言葉でなにが起こっているのか尋ねた。李少年が説明すると、リンリンが操舵場の藤之助を見上げた。

藤之助が頷き返すと、リンリンが李少年になにか告げて鋏をとり、万之助に話し掛けた。むろん唐人語で、

「私が切ってあげる」

とでも告げたのだろう。

「リンリン、頼もう」

少し安心した体《てい》の万之助が瞑目《めいもく》した。

リンリンは髷がどうなっているか丹念に確かめた。そして、かなり古びた元結《もとゆい》を切ると、髷にしていた頭髪を背に伸ばし、ふうっ、と息を一つ吐《つ》いてから、

ジョキジョキ

と軽やかな音をさせて万之助の髪を切っていった。

あああっ

と十七人の若者たちの間から溜息《ためいき》が洩《も》れた。

リンリンは不揃《ふぞろ》いの髪を切りそろえていく。その手際のよさは小邨《しょうそん》の暮らしに散髪屋などなかったことを物語っていた。どのようなことでも自分たちで行い、長くなった髪も自分たちで切っていたのであろう。そんな確かさが手際のよさに見えた。

瞑目する万之助に李少年が鏡を渡した。万之助の断髪が始まると下層甲板に下りて鏡を持ってきていたのだ。

両眼《りょうまなこ》を開いた万之助が鏡に見入り、

「おお、なかなか似合《にお》うておるではないか」

と満足げな顔に笑みを浮かべ、リンリンに、

「謝々《シエシエ》、リンリン」

と礼を述べた。するとリンリンが李少年に何事か命じた。

「万之助さん、こんど、こっちこんね」

李少年が筵から船縁《ふなべり》に連れていき、長江の流れに綱を付けた桶《おけ》を下ろすと水を汲《く》み上げ、

「ほら、頭ば船から突き出さんね」

と命じて断髪したばかりの髪を洗い流した。二杯ほどの水で髪を洗った万之助が、

「おお、さっぱりした。これでわしも異人じゃぞ」

と叫んだ。

「リンリン、おれも頼む」

ようやく覚悟をつけた時松が願った。

だが、リンリンは直ぐに鋏を動かそうとしなかった。

万之助たち十七人は上海に来ても月代《さかやき》を互いに剃《そ》り合い、髷を結い合ってきた。ために時松の前額部には青く剃り上がった部分があった。

「リンリン、構わぬ。そのうち、額《ひたい》辺りの毛も生えてこよう」

操舵場から藤之助が叫び、和語が分かったかのようにリンリンが頷いて、髷を落とし、髪を切り揃えて、李少年が水洗いした。

計十七人の断髪は夕暮れ前まで続いた。終わったとき、時松ら十七人の若者たちは、
ぴしゃぴしゃ
と自らの頭を叩《たた》いては、

「さっぱりし過ぎて風邪《かぜ》をひきそうじゃな」

とか、

「この額の月代はみっともないぞ、どうにかならぬか」

とか言い合った。

唐人服が配られ、全員が着替えると、なんとも可笑《おか》しな集団が出来て、

「藤之助様、このなりに大小は可笑しゅうございますぞ」

と後藤時松が操舵場に叫んだ。

「月代のあとが目立つようなれば笠を被《かぶ》るか、手拭《てぬぐ》いで額を隠しておけ。この旅の間にも髪が生え揃おう、それまでの辛抱ぞ」

と答えた藤之助が、

「夕餉《ゆうげ》の賄いの手伝いはだれか」

と一同に訊《たず》ねた。

上海を出立《しゅったつ》する際、リンリンがヘダ号に賄い方として乗り組むことになり、李少年が助《す》け方《かた》を命じられた。だが、二十人を超える三度三度の食事を二人だけで作るのは大変だ。そこで万之助ら十八人の中から二人交替で手伝いに加わることが決められた。

「銀次郎《ぎんじろう》と初蔵《はつぞう》の当番でございます」

万之助が答え、二人が調理場に向かった。

助太郎は操舵場に上がり、劉源の操船助手の任に就いた。

風は微風ながら追い風でヘダ号を順調に鎮江へと押し進めていた。

藤之助はその様子を確かめると、残った万之助ら十六人に銃剣付きのシャープス騎《き》兵銃《へいじゅう》を下層甲板から持ってこさせた。

「頭ばかりを気にしておると、いざというときに命を落としかねぬ。夕餉までの間、体を動かして、髷がどうこうという過ぎ去った雑念は忘れようではないか」

と命じた。

藤之助は八人ずつに分け、交互に銃剣で攻め合う形稽古《かたちげいこ》を始めることにした。むろん銃剣で相手の体に触れる寸前で止める稽古だ。遠慮して踏込みが浅いと稽古にならぬ、とはいえ、猪突して相手を傷つけてもならぬ。神経を尖《とが》らせ、気持ちを集中させなければ、

「真《まこと》の稽古」

にならなかった。

竹刀《しない》を手にした藤之助が、

「東方、攻め」

と命じて、万之助らの東方八人が後藤時松らの西方に攻め込み、西方が右舷《うげん》船縁に追い込まれたところで、

「攻守交代、西方攻め」

の合図が掛かった。

四半刻《しはんとき》（約三十分）が過ぎたか。銃剣と銃剣が絡《から》み合い、

がちゃがちゃ

と音を立てる不気味な響きが律動的になってきた。

「止《や》め！」

と動きを止めた藤之助が汗みどろの万之助らに、

「どうだ、唐人服の感じは」

と訊ねた。

「なにやら下のほうからすうすう風が入り込んで、びしりと決まりませぬ」

田中善五郎《たなかぜんごろう》が言った。

「そうそう、金玉が風邪を引きそうじゃ」

と氏家寅太。

「じゃが、夏の長江では唐人服は過ごしやすいかもしれぬ。習うより慣れろ。われらがこの国の暮らしに少しでも近づくしかあるまい」

万之助が仲間たちに言い聞かせるように言った。

「異国異人と付き合うということは相手の考え方や暮らしを尊重することであろう。かような経験は後々そなたらが異人と交流を持つ折に必ず役に立つ。なんでも試してみることじゃ」

はい、と若者たちが声を揃えて、

「よし、稽古はこれまで」

藤之助が突然行われた稽古の終わりを告げた。

「ご指導、ありがとうございました」

と若者たちから謝する言葉が返ってきて解散した。

万之助らは上層甲板の掃除を始め、夕餉の準備を始めた。

藤之助はヘダ号の舳先《へさき》に上がった。そこには上海出発の折に固定され、風雨も避けられるように覆《おお》いがかけられた三挺鉄砲《さんちょうでっぽう》があった。

その覆いに体を寄せて、藤之助は長江の流れに見入った。

風土はその国の人間の考え方の大本になる、とつくづく思った。

藤之助は伊那谷《いなだに》の山吹《やまぶき》領に生まれ育ち、一万余尺の赤石岳《あかいしだけ》を眺《なが》め上げ、天竜川《てんりゅうがわ》の流れを見つつ剣術修行をしてきた。そうして交代寄合《こうたいよりあい》伊那衆座光寺家の家臣を務めてきた。そして、なんの宿命《さだめ》か、座光寺一族を率いる頭領《とうりょう》に就くことになった。

赤石岳も天竜川も藤之助にとっては、天然の造形物として至高最大のものであった。

だが、長江の流れに船を浮かべたとき、天竜川の五十余里の長さなど河口付近の長江三角洲のそれにも満たないのだ。

なんとも壮大無限の風景が藤之助の前にあった。

(この自然に立ち向かうために己《おのれ》はどうあるべきか)

大陸は藤之助の生き方に新たなる命題を与えたのだ。剣術もしかり、この風土を超えねば、生き抜けないのだ。

答えはそう簡単に出ることではあるまいと思った。

西の山の端に日が沈み、長江の流れをしばし茜色《あかねいろ》に染めた。

長江は途轍《とてつ》もなく長い時の流れを藤之助に感じさせてくれた。

(どこまで遡《さかのぼ》れるか)

時が許すかぎりヘダ号を長江の上流へと進めようと考えていた。時が許すとは、レイナ一世号とストリーム号が上海に戻ってくる秋までということだ。再生した東方交易の最初の交易に参加できなかったが、藤之助に悔《く》いなどなかった。

今できるのは、長江の流れに身も心も委《ゆだ》ねることだ。それがどれほど大切にして貴重なことか。途方もない水の流れが藤之助を刺激していた。

ふと上海を立つ直前に、玲奈《れいな》がバタビアからイギリス商船に託《たく》した文《ふみ》を受け取っていたことを藤之助に思い起こさせたのは旅の感傷であろうか。

玲奈は、初めて藤之助に交易の合間に父親ドン・ミゲル・フェルナンデス・デ・ソトを捜《さが》していることを告白してきた。玲奈は藤之助に詫《わ》びていた。

「……藤之助、あなたが私の傍らにいたのならばきっと父親を捜すという行動は起こさなかったでしょう。でも、あなたの代理として交易船団を率いることになったとき、ふっ、と父に会いたいと思う気になったの。きっと幼いころから心の片隅で私は父を求めていたのだと思うの。このような行動を話さずにいたことをバタビアの地より詫びるわ」

とあった。

（玲奈、詫びることなどなにもない）

藤之助は玲奈の父親探しがうまくいくことを胸の奥で祈った。

「コマンダンテ、そろそろ夕飯ばい」

と上層甲板からすっかり賄い方が板についた李少年の声がした。

二

ヘダ号では夕餉を上層甲板で全員が揃って食する。まず劉源の指揮でヘダ号を長江の右岸の小島に見えた桟橋《さんばし》に着けると、万之助らが岸辺に生えた大木に舫《もや》った。さらに錨《いかり》が泥の川に投げ落とされて係留作業が終わった。長江は水ばかりか上流から泥を運んでいて、その泥が三角洲を形成していた。

破壊しかけた栈橋は長大な長江を旅する船人たちの係留地の一つだという。

上層甲板にランタンが灯《とも》され、リンリンと李少年が調理した食べ物が大鍋で運ばれてきた。当番方の銀次郎と初蔵も人数分の器と箸《はし》を運び、リンリンが皿に飯を盛り、肉と野菜の炒《いた》め物《もの》がその傍らによそわれた。さらに魚の揚げ物があって甘酢餡《あまずあん》がかけられていた。この他、上海で購《あがな》ってきた数種の漬物などがあって、二十数人が車座になって食べる夕餉はなによりの楽しみだった。

リンリンはクロにも器にたっぷりと盛られた夕餉を与えた。

藤之助の命で夕餉には紹興酒《しょうこうしゅ》が供されたが、器二杯までと取り決めがあった。壺《つぼ》から酒が配られて、料理の匂《にお》いと酒の芳醇《ほうじゅん》な香りがヘダ号の甲板に漂った。

「本日もご苦労であった」

藤之助の言葉で食事が始まった。リンリンと李少年、それに初蔵ら幾人かは酒を飲まず、直ぐに夕餉に箸をつけて、

「リンリン、うまいぞ」

「李頓子、ちゃんとリンリンの手伝いが出来ておるのか」

万之助らが賄い方に礼を述べたり、からかったりした。

「万之助さん、リンリンは料理上手ばい、わしはただの火の番たい」

「なんだ、火の番か」

氏家寅太が紹興酒を舐《な》めながら応じた。

「寅太さん、揺れる船の中では火の番がいちばんきつか仕事ばい。明日、やっちみるね」

「火の番など、できるかな」

「船じゃあくさ、なんでんできんと人扱いされんと、クロより下たい」

「そうか、この旅で料理を覚えるか」

寅太が己に言い聞かせ、酒を口に含んだ。

「皆は川船での船旅は初めてであろう」

「はい」

藤之助の問いに万之助が応じて会話に加わった。

「われらと藤之助様一行が黄浦江で再会したとき、江南周遊から戻ってこられたのでしたね」

「あの折は後見の途案内《みちあんない》で江南の水郷に遊んだ。船を邨《むら》や町につけてはその土地の料理を楽しんだ。じゃが、かように長江をヘダ号で遡上《そじょう》し、寝泊まりしながらの船旅はそれがしも初めての経験だ」

その後藤之助は老陳を裏切った呉満全《ごまんぜん》一味に捉《つか》まり、リンリンの邸に軟禁された。そして、藤之助を救い出すために、なんと老陳の黒蛇頭《くろじやとう》と東方交易が手を結び、その折、万之助らは長江を少しばかり遡上して分流に入り込み、呉満全らと戦闘を交えたが、長江を楽しむ余裕などなかった。

「藤之助様、揚州に到着したら私が市場に買い物にいって本式な料理を作ります。楽しみにしておられませ」

劉源が笑いかけ、

「劉源後見はだれよりも船に乗って、海も河もよう承知ゆえな、各地の美味《うま》いものを食しておられよう。鎮江、揚州はどのような都かな」

「鎮江と揚州《ようしよう》は長江を挟んでほぼ対岸に位置します。揚州は大運河が長江と交わる舟運の要衝にございますれば、古《いにしえ》より長江流域で採れる多彩な物産が集まってきます。またその上流の九江《きゆうこう》くらいまではアラビアやペルシャ商人の帆船が上って来ますでな、異人には驚きません。ただし、和人洋人は別です、注意が要《い》ります。ともあれ香辛料もあれこれと売られております。まあ私の料理を楽しみにして下さい」

と藤之助に応じた。

「それにしても藤之助様の周りには多彩な人士が集まってきますな。今やその一人、リンリンはうちの大事な料理人です。よう機転も利くし、働きます。なんとも大事な仲間です」

「リンリンはそれがしの命の恩人だ。いかにもかけがえのない娘だ」

ヘダ号の会話は和人が多いこともあって、どうしても和語中心になった。

劉源は老陳の配下として長崎を承知しており、和語を自在に話した。

李頓子も東方交易に勤めて耳から習い覚えた長崎訛りの和語が熟達した。

リンリンだけが未《いま》だ和語に慣れなかったが、それでも和人がどのように考え、行動するかを藤之助との付き合い以来承知しており、信頼しきってヘダ号の暮らしを楽しんでいた。

「リンリン、不自由はないか」

藤之助の言葉を劉源が通詞《つうじ》してくれた。するとリンリンが顔を横に振って、なにか答えた。

「なんの不自由もないそうです、今の暮らしがこれまで生きてきた中でなによりも幸せというております」

「なんぞ足りないものがあれば遠慮のう申せ」

藤之助の言葉を李少年が訳してリンリンに伝えると娘が頷いた。

「コマンダンテ、玲奈様の交易船は今頃どちらにおられましょうか」

一杯の茶碗酒で顔を真っ赤にした後藤時松が話を転じた。

「そろそろレイナ一世号とストリーム号の船倉は交易品で埋まっておるころであろう。帰り仕度《じたく》を始めておるやもしれぬな」

と答えた藤之助は、玲奈の父親探しはうまくいっておるかと案じた。だが、このことは藤之助一人の胸の中に秘められたことだった。

あれこれと会話が続く中、リンリンと李頓子が唐人の言葉で話し合っていた。

「藤之助様、最前も申しましたが、これより上流部では異人は警戒されます、清国では異人の往来を許していないのです」

「それはわが徳川幕府の日本でも同じ状況だ。ようやくロシア、フランス、イギリス、オランダ、アメリカ五ヵ国にかぎり、横浜、長崎、箱館《はこだて》の三港を開港したばかり、異人が内陸部を旅するなど未だ許されておらぬ」

藤之助の言葉に頷いた劉源が、

「これから町に船を着けたら警吏《けいり》にも気を付けなければなりません。まあ、こちらはなにがしかの金子《きんす》を与えれば済むことですが、上海でも公式には滞在を許されておらぬ和人と分かれば厄介《やっかい》です。内陸部に行けばいくほど異人への警戒が厳しくなります」

「劉源後見、なぜ唐人は和人を警戒するのですか」

「それは助太郎さん、徳川幕府の問題でしょう。五ヵ国にかぎり三港を開港したとしても清国にはなんの恩恵も交流もありません。日本が鎖国政策を守ってきたように清国もまた国の門戸を開いていないのです。あなた方はここにいてはならぬ人々なのです」

と劉源が注意を喚起し、

「内陸地方は茶所です。中国の茶葉は上質です、小さな壺に入れられた茶葉はイギリス国の市場で万金の値が付きます」

「えっ、茶葉の壺が何両もするのですか」

と後藤時松が驚きの声を上げた。

「時松さん、その十倍百倍もする茶葉もありますよ。上海の黄浦江にティー・クリッパーやオピウム・クリッパーが常に何隻《せき》も停船しているのを承知ですね。イギリスは自国製品の木綿をインドに持ち込んで売り、その金で阿片《あへん》を買い、その阿片をこの清国に持ち込んでは、茶葉と交換し、その茶葉をイギリス本国に持ち込んで市場にて高値で売りさばいてるのを承知ですか」

「その話、上海で聞きました」

「イギリスは最強の国です。その最強の国が狙っているのがこの内陸部の茶の栽培技術です。それをインドに移植しようと永年茶葉密偵《プラント・ハンター》を長江沿《ぞ》いに侵入させてきたのです。中国の茶葉はなにより大事な特産物です、それをイギリスは阿片で買い漁《あさ》ったばかりか、こんどはインドに茶の木と種や栽培、製茶技術まで持って行こうとしているのです、すでにその一部はインドに伝わっているという話もあります。だから、内陸部では警戒が厳しいのです」

「劉源後見、私たちは茶葉の栽培技術を盗みにきたわけではございませんぞ。ただ長江を知りたいとヘダ号を操船しているだけだ」

　佐々木万之助が言った。

「万之助さん、そのことを彼らに分からせるのは大変です。内陸部ではわれら唐人の扮装《ふんそう》をした異人の摘発に躍起《やっき》となっております。ともかく一層《いっそう》の注意がいります」

　分かったと答えた藤之助が、

「後見、茶葉密偵《プラント・ハンター》の話は初めて聞いた。開国するとはそういうことか」

「はい。和国も今この清国が晒《さら》されているような危険に直面しましょうな。イギリス人はただ和国を知りたいのだとあちこちの旅を希望するでしょうが、換金できると思った植物などは本国に持ち帰り、即座にその栽培が試されるのです」

「驚いたな」

と田神助太郎が嘆息した。

「ですが、助太郎さん、ただ今の心配はそれではない。かような仮泊地では河賊が出没します。今宵《こよい》はいつもより人数を増やして不寝番《ふしんばん》をつけましょうか。それから油断が生じぬよう一刻（約二時間）交代にしましょう」

劉源が自ら手配し、手にした酒器の酒を呑《の》み干すと床に置いた。その様子にリンリンが劉源の皿に夕餉を盛り付けしてくれた。

「リンリン、それがしにも飯をくれ」

藤之助が言った。

夕餉が終わった刻限、ヘダ号の係留された仮泊地の桟橋に一隻のジャンク船が近づいてきて、止まった。ヘダ号よりも一回り大きなジャンク船だが、唐人船にありがちな騒がしさが感じられない。甲板にも人の気配はなかった。一見、長江を往来する荷船のように見える。だが、それにしても人影があまり見えないのが却《かえ》って怪しげだ。

やがてヘダ号の船尾から十数間離れて舫われたその船の上でも酒盛りが始まった。
五、六人の男たちが黙々と酒を呑んでいる。

「後見、なんとも胡散《うさん》くさくはないか。そなたの言葉が河賊を呼び寄せたのではないか。船倉にかなりの人数が隠れているような気がいたす」

「どうやらそのようで」

藤之助は万之助を呼んだ。

「三挺鉄砲を操舵場に移動させよ。それに今宵の不寝番体制は操舵場と船首に三人ずつとし、あやつらにこちらの動きを気取《けど》られぬように努めよ」

密《ひそ》やかに舳先に固定されてあった三挺鉄砲が操舵場に移された。

操舵場下の船室は、藤之助が使ってきた。だが、此度《こたび》の船旅に際し、その船室の一部を壁で仕切って、劉源とリンリンが寝起きする個室を設けた。その他の乗組員は下層砲甲板の床に寝泊まりしていた。

就寝の刻限は五つ半（午後九時）だ。

ヘダ号の灯《あか》りが常夜灯を残して消えた。だが、船首と操舵場に三人ずつが銃剣装着のシャープス騎兵銃を携帯し、密かにジャンク船の動きを見張っていた。クロは操舵場下の甲板で休んでいた。

何事もなく最初の組が二番目の不寝番と交代した。

夜半過ぎのことだ。

ジャンク船も寝静まっていた。だが、その静けさには危険な匂いが込められていた。操舵場で不寝番についた後藤時松は、園田吾七郎《そのだごしちろう》に、

「あやつら、こちらの様子を窺《うかが》っておると思わぬか」

と囁《ささや》いた。

「どうもそのような気配じゃな」

八つ（午前二時）の刻限、クロが起きて低く唸《うな》り声《ごえ》を上げた。長江の流れに向かってだ。

「どうやら仲間の船が近づいておるな」

「よし、藤之助様に告げてくる」

吾七郎が言い残すと操舵場から物音も立てずに這《は》いおりていった。

ヘダ号総員が起きて、静かに戦闘の仕度《したく》を整えた。

リンリンも李少年もシャープス騎兵銃を持たされた。

長江遡上が決まった日からリンリンも李少年もライフル銃の操作を教え込まれ、試し撃ちも何度か繰り返していた。リンリンは藤之助との脱出劇の折、呉満全一味の殺し屋に銃を放っていたから、銃を使うのは初めてではない。

下層砲甲板の右舷側二十四ポンド砲一門に、田神助太郎を頭《かしら》に増島一太郎《ますじまいちたろう》ら三人が

加わり、砲撃の仕度を素早《すばや》く終えた。

残りの全員は新たに長江から近付く河賊と思える船とヘダ号の船尾に停泊するジャンク船に対応する二手に分かれて、戦闘態勢を整えた。

興奮するクロをリンリンが宥《なだ》めて静かにさせていた。

藤之助は操舵場に移された三挺鉄砲の傍らに胡坐《あぐら》を掻《か》いて、その時を待っていた。

流れを横切って近付く船に灯《あか》りが灯《とも》された。するとそれと呼応するように、ジャンク船にも灯りが入った。

藤之助は操舵場から立ち上がると、助手の後藤時松が三挺鉄砲の覆いを外した。

劉源は錨を上げさせ、舫い綱だけにした。

叫び声が上がった。

藤之助は三挺鉄砲の銃口を流れから忍び寄る新たなジャンク船に向けた。外洋型と違い、船の長さが十数間の長江を往来するジャンク船だ。

三挺鉄砲の狙いを喫水線《きっすいせん》に向けた。

不意にジャンク船の船上に炎が上がった。大きな竹籠《たけかご》がいくつも持ち出され、蓋《ふた》が開けられると炎に包まれたイナゴがジャンク船の上に無数舞い上がり、編隊を整えると大きな一つの炎と化して、ヘダ号に襲来してきた。

「水をかけるのじゃ」

と操舵場から劉源の命が飛び、万之助や李少年が船縁に用意された水汲み桶を流れに落として、必死で水を汲みあげ、燃えるイナゴの襲来に備えた。

炎を上げるイナゴがヘダ号の頭上に達すると一気に降下してきた。

その炎に向かって万之助や李少年らが桶の水を掛けた。だが、炎は一瞬弱まったが、また火勢が蘇《よみがえ》った。

藤之助はイナゴの一群を注視し、一群を先導する頭分《かしらぶん》のイナゴに眼をつけた。

革鞘《ホルダー》からホイットニービル・ウォーカー四十四口径リボルバーを抜くと、頭分のイナゴに狙いをつけて引き金を絞った。

四十四口径特有の肚《はら》に響く重い銃声が轟《とど》き、頭分のイナゴを吹き飛ばすと、一瞬にして炎が掻《か》き消えた。燃えるイナゴの大群は唐人のまやかしか。

「時松、ジャンク船の始末じゃ」

リボルバーを革鞘に納めた藤之助が改めて三挺鉄砲の狙いをジャンク船に向けた。

ジャンク船からは燃えるイナゴ作戦でヘダ号を燃やし尽くそうとした企てが失敗し、銃声が響いて、ヘダ号に飛んできた。

「合点承知です」

藤之助の指が引き金を絞り、タンタンターンと三連射が響いて、銃弾が接近するジャンク船の喫水線に吸い込まれた。

ジャンク船からも応戦のマスケット銃の銃声が響いた。だが、ヘダ号の船縁には呉満全一味との戦いで使った竹柵の銃弾避《よ》けがあって、銃弾を弾《はじ》き返した。

藤之助と時松は再び喫水線に向かって三連射を放った。

その直後、ジャンク船の船体に大穴が開き、長江の泥水が船倉に一気に浸水して、ジャンク船の船足が止まり、船体が傾き始めた。

夜の長江に悲鳴と絶叫が上がった。

藤之助は三挺鉄砲をヘダ号の船尾に停泊しているほうのジャンク船に向け直した。ジャンク船の甲板ではこれまで船室に潜《ひそ》んでいた河賊の面々が銃や青龍刀《せいりゅうとう》を振りかざしており、船体をヘダ号にぶつけようとしていた。

藤之助は三挺鉄砲でジャンク船の舳先の下に向けて三連射を二度繰り返した。仲間のジャンク船より大きいせいで、喫水線に孔《あな》は開いたがすぐに傾く様子はなかった。

銃撃戦が展開された。

ジャンク船では古い大砲が引き出され、ヘダ号の船体に向けられた。

藤之助の三挺鉄砲と佐々木万之助らのシャープス騎兵銃がジャンク船の大砲方を牽《けん》

制《せい》し、砲撃態勢に入らせなかった。

だがヘダ号も帆《ほ》を上げる機を失していた。

藤之助が、

「長櫓《ちょうろ》は使えぬか」

と叫んだ。

砲術方の面々が長櫓に走り、左舷《さげん》側から棹《さお》で突いて流れに乗せようとした。だが、流れがつよくヘダ号は反対にジャンク船に近付いてしまい、両船がぶつかって、白兵《はくへい》戦《せん》になろうとした。となると何倍も人数の多いジャンク船の河賊のほうが有利になる。

その瞬間、操舵場の一角で劉源が、
ピーピピー
と尖った音の笛を吹き鳴らした。するとジャンク船の銃撃がなぜか不意に止まった。

劉源の大声が響いた、むろん唐人の言葉だ。するとジャンク船に沈黙が落ちた。

ヘダ号も銃撃を止めた。

ジャンク船から問い返され、劉源が答え返した。そんな会話が続いたが、不意にジヤンク船は流れに船を出して、仲間の浸水するジャンク船の救助に向かった。

ふうっ
と後藤時松が吐息をついた。

「後見、どのような手妻《てづま》を使ったのだ」

「藤之助様、黒蛇頭の船を攻撃して、河賊が生きる方策があるかと叫んだだけです」

「すぐに信じた様子はなかったな」

「ですが、この劉源、老陳の配下として長年尽くしてきたのです。老陳の秘命を帯びて九江に向かう船だと騙《だま》すのはそう難しくはございません。まあ、長江の河口から百数十里ほどは黒蛇頭と老陳の名は恐れられておりますからな」

と劉源が平然と答え、

「コマンダンテ、いささか早い出船ですが帆を上げましょうか」

と藤之助に願い、

「戦闘終了、総員出船の配置に付け」

と操舵場から叫んで、ヘダ号は素早く戦闘態勢を解くと遡上していった。

三

数日後、ヘダ号は鎮江に接近しようとしていた。

なんとも広い長江だった。これほど町の近くを長江が流れ、またその全体が眺《なが》められる土地は他にそうないのでは、と操舵場に陣取る藤之助は辺りを見回した。

二隻《せき》のジャンク船との諍《いさか》いの後、ヘダ号の長江遡行《そこう》は決して順調とは言えなかった。流れに逆らい遡行する帆船が、逆風であったり無風であったりしたために一日に遡上する距離はわずか数海里ということもあり、あるいは全く川岸に停泊したまま動けないこともあった。

小舟ならば櫓や櫂《かい》を使い、遡行できる。だがヘダ号は全長七十余尺の二檣のスクーナー型帆船だ。

船着き場に寄せたり、流れを下る時などは長櫓も役に立たないわけではない。だが、大河を櫓で遡るなど至難の業《わざ》だ。ともあれ、亀ののろのろとした歩みのように長江を遡り、ようやく次の目的地、鎮江に到着しようとしていた。

「劉源後見、長江の水源近くまで帆船で遡上するなど不可能な考えじゃな。われら、未だ長江の下流部すら抜けておらぬ。さすがに長江の長大な流れを思い知らされた」

形ばかりの船長の藤之助が水先案内人でもある劉源に笑いかけた。

長江遡行を前に藤之助が船長に就《つ》いた。だが、未知の長江相手では手も足も出ない。実質的に劉源が船長兼水先案内人を務め、藤之助はその手腕に全幅の信頼を寄せて任せていた。ためにヘダ号航行の折には為《な》すべきことがさほどなかった。

「藤之助様、長江を知るには一人の人間が生涯をかけても無理でございましょう。此《こ》度《たび》の遡行を体験し、肌で長江の大きさを感じるだけでも十分な成果ではございませんか」

年上の劉源が藤之助に教え諭《さと》すように言った。

「いかにもさようであった」

「ほれ、コマンダンテ、長江に突き出た小高い丘がございますな。北固山《ほくこざん》と言い、長江を眺める絶景の地でございます。大河に突き出ておりますでな、長江の全体が見渡せます。明日にもご案内します」

と話題を転じた劉源が傍らの藤之助に話し掛けながら、流れに突き出した高さ百数十尺の丘を指した。

「あの丘は北固山と呼ばれておるのか」

「眺めがよいので天下第一江山《こうざん》と古《いにしえ》より呼ばれております。またこの鎮江は、三国志の舞台にもなった町にございます。藤之助様は魏《ぎ》、呉《ご》、蜀《しょく》の三国が鼎立《ていりつ》し覇権を争った三国志を読まれたことがございますか」

劉源が藤之助を見た。

「三国志は長大な物語と聞いておる、伊那谷の領地などで書物に接することは滅多《めった》にない。ゆえに文字で読んだことはない。だがな、わが剣術の師でもあった座光寺家の陣屋《じんや》家老の片桐朝和神無斎《かたぎりあさかじんむさい》が、わが国の手本となったこの国の歴史をわれら門弟に語り聞かせてくれたことがあった。たしか劉備玄徳《りゅうびげんとく》や関羽《かんう》、張飛《ちょうひ》の活躍する物語であったな。そうか、この鎮江は三国志と関わりがある土地か」

「コマンダンテはよき師に恵まれましたな。いかにも私が接した和人でわが国の最も躍動的だった魏、呉、蜀の鼎立時代を知る者は少のうございました。この鎮江は、劉備玄徳が孫権《そんけん》の妹と見合いをした地にございますよ」

「残念ながら師の講義はそこまで詳《くわ》しくはなかった。ともあれ、古き国の歴史の一端に相見《あいまみ》えるとはうれしきかな」

藤之助はまるで湖面のような長江と北固山を改めて眺めまわした。

その会話の間にも劉源は、若侍に的確な指示を出し、ヘダ号を自らの手足のように動かした。むろん助船頭の田神助太郎や佐々木万之助らも縮帆《しゅくはん》作業を手際よくこなした。助太郎も万之助も若いながら、外洋航海も経験してヘダ号の操船と船体の特徴を熟知していた。

だが、大河となると海と少々勝手が違った。それでも劉源の命に従い、長櫓を操り、長江から一本の運河にヘダ号を入れさせた。その操船作業の間にも、

「藤之助様、私の名字、劉源の劉が劉備玄徳様の名字と重なるのを誇らしく思ってきました」

と新たな想いを告げた。

「いかにも、そなたの劉源の名は劉備玄徳様の名字と重なるな。この町におるときに三国志の物語を改めて語り聞かせてくれぬか」

「承知しました」

劉源は黒蛇頭の手下《てか》の中でも異色の存在であった。読み書きができ、異国の言葉にも通じ、良識を弁《わきま》えていた。

黒蛇頭に転ずる前には教職にあったのだが、家族のために黒蛇頭の一味に加わった経緯があった。

頭目《とうもく》の老陳も劉源の教養を重く見て、傍らにおいて重用してきた。

長崎沖の戦闘で劉源が傷を負ったとき、老陳は間違いを犯した。非情にも劉源の止《とど》めを刺し、命を絶つように手下に命じたのだ。

だが、劉源の人柄を慕う仲間が長崎の唐人町に運び込んで、その折、三好彦馬《みよしひこま》医師のおかげで命を取り留めたのだ。

劉源が老陳のもとを離れ、東方交易の支配下に入って以後のことはもはや語るまい。

ともあれ、老陳の腹心の呉満全が頭目に反旗を翻《ひるがえ》した騒ぎもあって、老陳と東方交易は手を握ることになり、藤之助の仲介もあって、老陳と劉源の間に和解が成立していた。

ヘダ号は鎮江の運河の一つに入り、迎江橋《げいこうきょう》という橋の手前にヘダ号を係留させた。その先の橋はヘダ号の帆柱《ほばしら》が閊《つか》えるからだ。

さすがに老陳の下で巨大なジャンク船の鳥船《とりぶね》に乗り込み、遠く異国まで行って抜け荷商いをなし、海賊行為に加担してきた劉源だ。

豆州戸田湊《ずしゅうへだみなと》で造られた、日本で初めての洋式小型帆船ヘダ号の特徴と癖《くせ》をたちまちのうちに飲み込み、操船技術を会得していた。

上海の黄浦江を出て以来、藤之助は劉源に何一つ忠言することなく、ただヘダ号の客のように乗船し、長江遡上を楽しんできた。

ヘダ号が停泊した迎江橋は大きな通りに接していた。

「ご苦労であったな」

藤之助が佐々木万之助ら十八人の操船方を労《ねぎら》った。

夏の盛りだ、どの顔も汗みどろで疲労が見られた。だが、その分、逞《たくま》しさが新たに加わっていた。

「この数日、難儀な航行でしたな。私の観測ではもう数日、無風は続きます。その後には風向きが変わりましょう。この間にこの鎮江と対岸の揚州を見物し、さらなる長江遡上に備えましょう」

と上層甲板の万之助らに今後の予定を告げた劉源が、藤之助を振り見て、

「この近くに湯屋がございます。李頓子に案内させて助太郎さんや万之助さん方に湯屋で汗を流させるのはどうでございますか」

と提案した。

「おお、それはよい考えかな。後見の話を聞いたな、疲れを湯屋で洗い流してこい」

と命ずると、わあっ、という歓声が上がった。

「おれ、唐人の湯屋に行ったことはないぞ。どうすればよい。異人は裸で湯に浸《つ》かるのか」

「さあてのう。されど李が同行してくれるのだ、案ずることはあるまい」

などと万之助らが大騒ぎで着替えを持ったり、湯銭を懐《ふところ》に入れたりした。

「藤之助様もいっしょに行かれませぬか」

「それがしは操舵場でただ皆の苦労を見ていただけだ。汗もさほどかいておらぬ。湯屋は明日にしよう」

結局、ヘダ号に残ったのは藤之助、劉源、リンリンの三人でリンリンはすでに夕餉の仕度に入っていた。それを劉源が手伝い、藤之助はクロの散歩に行くことにした。

「クロ、そなた、すっかり船暮らしに慣れたな」

藤之助が船から河岸に下りたクロに言うと、嬉《うれ》しそうに尻尾《しっぽ》を振り、迎江橋の下の暗がりで長々と小便をした。

河岸道に上がって眺めると鎮江は大きな町であることが分かった。過日、周遊した朱家角《しゅかかく》や周庄《しゅうしょう》に町の雰囲気が似ていなくもない。町を運河が縦横に走っているためだろう。

藤之助は勘《かん》をたよりに鎮江の町をクロといっしょに四半刻《しはんとき》ほど散策した。どこをどう歩いているのか分からないが繁華な通りに店が立ち並び、路上では川魚や野菜を売っていたりした。

黄昏《たそがれ》が鎮江に訪れて、食いもの屋に灯りが灯された。

「そろそろヘダ号に戻ろうぞ」

クロに言い聞かせ、路地を通ってヘダ号を着けた運河に戻ろうとした。ぐるぐると回ってみたが、なかなか運河に辿《たど》り着かない。その気配を察したクロがもどかしくなったか吠《ほ》えながら、藤之助の先に立った。

「なに、そなたが案内してくれるか」

夕餉の仕度をしているのか路地のあちこちからいい匂いが漂ってきた。

藤之助は不意に前後から人で挟《はさ》まれたと思った。前方に三人が立ち、後ろにも仲間がいるように思えた。とても堅気の人間とは思えない、殺伐とした無頼漢の臭《にお》いが藤之助にもクロにも感じられた。

クロの背中の毛が逆立った。

「クロ、そう興奮せずともよい」

と宥《なだ》めたが、クロは危険から脱しようとしてか、ぐいぐいと藤之助の先に立って前に進んだ。

路地の前方を塞《ふさ》いだ三人は太い棍棒《こんぼう》や反《そ》りの強い刃《やいば》を手にしていた。

「クロ」

藤之助が犬の名を呼ぶとクロが足を止め、無頼漢が互いになにか言い合った。大方、

「異人だ」

と言い合っているのだろう。

棍棒が構えられ、刃渡り一尺五寸（約四十五センチ）ほどの刃がそれぞれ突き付けられた。

藤之助は後ろからの気配にもその距離を測りつつ、

「どいてくれぬか」

と和語で願った。

棍棒の男がにたりと笑い、棒の先で藤之助の胸を突くと、もう一方の手を差し出した。金銭を要求しているのだ。

「そなたらにやる金はない」

藤之助の言葉に怒ったか、いきなり棍棒を振り上げた無頼漢の一人が藤之助の肩口に振り下ろした。まともに当たれば肩の骨が砕けるのは間違いない。

ふわり

と藤之助は身を避けつつ、間合《まあい》を詰めると棒を握った手首を摑《つか》み、えいっ、と気合

を発して捻《ひね》った。体が虚空に浮いて路地の石畳《いしだたみ》に叩き付けられ、悶絶《もんぜつ》した。

仲間が甲高《かんだか》い声で叫んだ。

クロが吠えた。

路上に殺気が満ちた。

背後から走り寄る気配がした。

棍棒は藤之助の手にあって、反りの強い刃を振りかざす二人の胸を次々に突いて、路地に転がした。

一瞬の勝負だった。

背後の仲間が押し寄せてきた。

くるり
と後ろを向いた藤之助の片手にホイットニービル・ウォーカー四十四口径リボルバーが構えられ、それを見た無頼漢がなにか叫んで足を止め、身を竦《すく》ませた。

すでに勝負はあった。藤之助は棍棒を投げ捨てると、

「クロ、参ろうか」

と後ろ下がりに路地から抜けた。すると運河の河岸道に突き当たった。リボルバーを脇下の革鞘《ホルダー》に戻し、ヘダ号を捜した。すると二丁（約二百メートル）ほど先に迎江

橋の姿を認めた。

ヘダ号の上層甲板では湯に入った万之助らがリンリンの夕餉の仕度を手伝っていた。

「長い散歩にございましたな」

操舵場から松葉杖《まつばづえ》を突きながら下りてきた劉源が藤之助に尋ねた。

「劉源、この鎮江が気に入った。明日が楽しみになった」

と藤之助が答え、リンリンがクロを呼ぶと餌《えさ》を与えた。

「藤之助様、三国志の時代は後漢が滅びたあと、魏、呉、蜀が台頭して鼎立した折のことです。西洋暦で二二〇年の魏の建国に始まり、二八〇年の晋《しん》の統一までの六十年ほどの間の波乱万丈の物語にございます」

北固山の頂《いただ》きにある多景楼《たけいろう》の楼閣《ろうかく》から長江を眺めながら、劉源が三国志を語り始めた。

「西洋暦で二〇〇年というと、倭《わ》の女王卑弥呼《ひみこ》がいた時代じゃな、その当時からわが国はこの国と関わりがあったと、片桐朝和師に聞いたことがある」

藤之助の言葉に劉源が大きく頷き、

「倭の女王の家臣らが魏の明帝《めいてい》に朝献を願ったそうです、そのことを私も就学時代に習いました」

さすがに劉源は先生だ、なんでも承知だった。

「三国志は長大な物語じゃが、たしか話の始まりは劉備玄徳が一荷《いっか》の茶を贖《あがな》うために川の岸辺に茶船を待っておるところから始まるのではなかったか」

藤之助は曖昧《あいまい》な記憶を辿《たど》った。劉備玄徳は故郷に待つ老母の土産となすために持ち金をすべて払い、壺に入った茶を買い求めたのだ。

片桐朝和はその話の折に、母の恩に報いるためにすべてを投げ出した劉備の優しさに触れたことを藤之助は思い出していた。そんなことを劉源に告げると、

「陣屋家老の片桐朝和師に会いとうございますな」

劉源が破顔した。

「三国志を通巻で語り聞かせるには長江の流れほどの時を要しましょう。折々、藤之助様と語り合うことにして、本日はこの鎮江と三国志の関わりをお話しいたします」

と前置きした劉源が長江から鎮江の町並みに視線を移した。

「この鎮江は呉の孫権が最初に居城した町にございます」

「なに、孫権の城下町か」

藤之助は改めて、鎮江の佇《たたず》まいを眺め、およそ千六百余年前の町並みを想像してみた。

滔々《とうとう》とした長江の流れは変わるまい、だが、鎮江がどのような城下であったか、浮かばなかった。

「西暦二〇八年、呉の孫権と蜀の劉備は手を結んで、魏の曹操《そうそう》を赤壁《せきへき》の戦いで敗走させます。だが、劉備の領地荊州《けいしゅう》の支配をめぐり赤壁の勝者二人は対立してしまいます。そこで孫権は策を巡らし、劉備に妹との縁談をもちかけて、おびき寄せ、人質にしようと企んだのです。赤壁の戦いの翌年のことです。劉備は、この鎮江にやってきて、この北固山の多景楼で見合いが行われたのです」

「この楼閣が三国志の舞台なのか」

五十の劉備は妻を亡くしたばかりで、十七歳の娘と見合いをなそうとしていた。劉備の腹心の諸葛孔明《しょかつこうめい》はその折、荊州にあって孫権の企みを見抜いていた。そこで護衛方の趙雲《ちょううん》に三つの封書を言付けていた。

「鎮江に入る前に趙雲が一つ目の封書を開けて読むと、町中に劉備と孫権の妹の婚姻《こんいん》の噂《うわさ》を広めよ、かつ、劉備に呉の名士らと面会させよとあったのです。名士たちは大喜びし、孫権の母親に祝いを述べに行きましたが、母親はなにもそのような話は聞かされておらぬと激怒したそうです。孫権は慌《あわ》てて他人のせいにし、一方名士たちは母親を宥めて、多景楼の見合いがようやくなったのです。孫権の母親は一目で婿《むこ》の劉備が気に入りましてね、孫権の悪巧みまで知ってしまいました。孫権は母親に大いに叱《しか》られ、その夜、この楼閣で宴《うたげ》が催《もよお》されたのです。その折、宴の席で庭に出た劉備玄徳は、ご覧下さい、あの石を」

劉源が藤之助に庭に置かれた石を見せた。

「劉備は、我が偉業の達成を念じて見事二つに切ってみせる、と胸に誓って剣を石に振り下ろして真っ二つに切り割られたのです。劉備玄徳が切った痕《あと》が石に残っておりましょう」

と劉源が教えた。

「後見、切り口はもう一つあるように見えるが」

「それは孫権も同じように石切りを試したからです。そのとき、孫権は劉備の領地の荊州を奪いとることを胸底に誓って切りつけたのです」

「戦国武将の言葉と肚《はら》は違うということか」

「この大国を治めるには劉備玄徳の人徳だけではかないませぬ。富国強兵のみならず、一軍を率いる大将はあらゆる権謀術数《けんぼうじゅつすう》を企て、非情であらねば統一などできませぬ」

しばし二人は多景楼の楼閣で沈黙して、歴史の舞台から悠久の流れの長江を見た。

「劉備玄徳には諸葛孔明という軍師がいた。そなたは老陳のもとで諸葛孔明役を務めてきたのではないか」

「藤之助様、老陳は一介《いっかい》の海賊にございます。一軍は率いられても一国は主導できませぬ。また私は一度たりとも老陳に信頼されたことはございますまい」

劉源は老陳の軍師ではなかったと答えた。

「それがしも一国を率いる器ではない。だが、東方交易には黄武《こうぶ》尊大人《そんたいじん》の老獪《ろうかい》、篠原《しのはら》秦三郎《しんざぶろう》の経験、劉源の教養が要る、私と玲奈を助けてほしい」

と藤之助が正直に願うと、

「座光寺藤之助様、この劉源でよければ一命を捧げます」

と劉源は即答していた。

四

数日後、ヘダ号は鎮江の対岸の運河に乗り入れていた。揚州に向かうためだ。

操舵場で接近するその町を望遠しながら劉源が藤之助に言った。

「コマンダンテ、揚州は鎮江よりもさらに好きになりますよ」

上海から長江を遡ると、この揚州で大運河と長江が交わっている。

「長江流域で栽培される米、四川の錦《にしき》、江西の材木、江南の茶などが集まるのです。また、揚州にはアラビア人などが交易を求めて滞在し、商いをしています」

「ならば東方交易にとっても大事な町ではないか」

「いかにもその通りです。東方交易はイギリスなどを見習い、異国の物品を交易の対象にしてきましたが、この中国に眼を向けない手はない」

劉源が言い切り、藤之助に揚州について説明してくれた。それによれば、揚州は長江と大運河が交わる水豊かな地に建設されていて、地平線には緑の山並みが連なり、朝には靄《もや》が漂って、町を幻想的な美しさに演出しているというのだ。また古《いにしえ》より内外の物が流れ込んで、商いが盛んで豪商らの寄進で寺院や庭園が造られているという。

その豊かさを示す一端は、女たちが絹の衣服を身にまとい、真珠や翡翠《ひすい》で飾っていることだ。また通りには食べ物の匂いが満ちて、甘味の店が多く見られるという。

清朝の中国は飢饉《ききん》にあえぎ、食べ物が不足していた。だが、長江の河港の揚州は富んでいる数少ない町の一つだそうだ。

「長江を揚子江《ようすこう》と呼ぶ和人がいます。長崎で聞いた話ですが、和人の僧侶も長江を遡って揚州に休息し、洛陽《らくよう》を目指したそうです。だから揚子江すなわち長江は和人にとって中国そのものなんです。反対に和国を目指した僧侶もいました。唐招提寺《とうしょうだいじ》を開いた鑑真和上《がんじんわじょう》もその一人、揚州の生まれです」

「そうか、何百年もの昔からわが祖先の僧侶たちはこの国に教えを乞《こ》いに来て、唐人の僧侶も海を渡ってわが国に参られたか」

と応じた藤之助は劉源に聞いた。

「過日、後見は中国の茶の栽培法をイギリスが盗んでインドに移植しようとしていると話してくれたな」

「その話にございますか。鎮江の北固山で藤之助様は三国志の冒頭部分、劉備玄徳が持ち金を叩《はた》いて一荷の茶を求める話を思い出してくれましたな。われら、唐人にとって茶葉は換金作物以上のもので、暮らしそのものなのです。だから、劉備は全財産を投じて茶を老母のために買い求めた」

藤之助は大きく首肯《しゅこう》した。

「それをイギリスは阿片で茶葉を汚そうとした。つい最近の話にございますよ。茶好きは異人の中でもイギリス人がいちばんにございます。彼らがインドからこの国に阿片を持ち込み、戦争をしてまでわれらから奪おうとしているのが茶なのです。イギリスでは茶葉は高価なものだそうです、貴族や大富豪しか嗜《たしな》むことはできません。それは中国の茶が格別に栽培され、製茶され、その方法は門外不出の秘密になっておるからです。ゆえにヨーロッパでは中国の茶葉が高値で取引されます。イギリス人は、さらに悪巧みを巡らして、門外不出の中国の茶葉を植民地のインドに移植して、大量に栽培しようとしているのです」

「イギリスの茶盗人が茶所に入り込んで秘法を盗もうとしているわけじゃな」

「いかにもさようです」

「わが国でも茶葉は栽培されるが、さように高値で取引されてはおらぬな、また珍重もされておらぬ」

「和国は鎖国政策を通じて情報も物品も長崎の港を通じる以外、閉ざしておりましたからな。異国がなにを求めているか知らないのです」

「繰り返すがイギリス人は中国の茶葉に眼をつけた」

「はい。数年前のことです、イギリスの東インド会社から頼まれたイギリス人茶盗人が唐人のなりに身を窶《やつ》して、杭州や長江内陸部の茶所に潜入してその秘法を盗み出しました、すでにインドの高地で栽培を始めているそうです。ですが、茶の栽培と製茶の技はそう簡単に盗めるものではありません。茶の淹《い》れ方ひとつにしても微妙で難しいものです」

「わが国では茶の喫し方を茶道と称して、武士の嗜みの一つになっておる。もっとも伊那谷の小さな領地しかもたぬ座光寺家には無縁のものだがな」

「私も驚きました。和人は茶の喫し方を儀式にし、その静かなる挙動を楽しんでおりました。むろんこの国にも茶道に類したことはございますが、我らが必死に追い求めてきたのは茶葉の最高の飲み方、風味そのものなのです。それをイギリスは阿片の代《だい》償《しょう》にして狙っています」

「なんとのう」

藤之助は上海の国際租界の洋人にのみ眼を向けがちだった己を恥じた。

「イギリス人の味覚はわれらにも分かりません、何百年も前から、熱い湯に乾燥した茶葉を入れて、ただ飲む、それを漫然と続けてきた国民なのです。和国のように茶道も、この国のように最高の茶の風味も追い求めようとはしなかった」

「それで満足しておるならば、なにもイギリス人や東インド会社は、中国の茶の栽培法や製茶に眼をつけることはないではないか」

「いえ、阿片をインドから持ち込んでまで茶を入手しようとしているのは、茶葉がヨーロッパで高く取引されることが分かったからです。つまり高値の交易品としてみておるのです。ゆえに黄浦江に何隻もオピウム・クリッパーとティー・クリッパーが荷積みと荷下ろしを待っているのです」

「われらは深く考えもせず見ておった。茶葉はわが国でも栽培され、生産されておるでな」

ヘダ号は段々と揚州に接近していった。

藤之助と話しながらも劉源は田神助太郎に指示を出して、佐々木万之助らに停船の仕度をさせた。

「イギリス人が嗜むのは茶葉を発酵《はっこう》させた紅茶にございますな、われらが飲む茶とはいささか違います。この紅茶とわれらの茶は異なった茶の木から栽培されると思うていたそうです。なあに、茶の木はどれもいっしょです、その後の製法が異なるだけなのです」

と答えた劉源が藤之助に、茶の話はまた私が知るかぎりおいおいさせて貰《もら》いますと断ると、係留地を指示して長江と交差する京杭《けいこう》大運河にヘダ号を乗り入れていった。

四半刻後、大運河の船着き場にヘダ号は舫い綱を打って係留された。

夕暮れの刻限が迫っていた。

万之助ら全員が操舵場下の上層甲板に集まってきた。上陸するかどうか、藤之助の指示を仰ぐためだ。

「劉源後見から教えてもらった話の受け売りじゃ、揚州は二千数百年の歴史を積み重ね、長江とわれらが係留した大運河が交わるばかりか、陸路と水路が交わる要衝じゃそうな。ゆえに昔から長江を遡り、いろいろな国の交易商人が訪れた都という。この揚州の商いを最初に支えたのは塩商人と聞いた。今では茶、錦、米、香辛料とあらゆる物産が取引される古都だそうな。本日は、揚州に到着した日、どこぞの酒家で夕餉を食そうぞ」

藤之助の言葉に万之助らが歓声を上げた。

「後見、できることなれば皆いっしょに夕餉をとりたいが、ヘダ号を留守にしても大丈夫か」

藤之助の言葉に劉源が頷き、ヘダ号の両隣の荷船の船頭と船上から話し始めた。木材船らしい荷船は家族連れで暮らしながら荷を運んでいるようで、船上を鶏が歩き回っていた。

劉源が李頓子を呼び、なにがしかの見張り賃を持たせて挨拶《あいさつ》に行かせた。

「船室の扉《とびら》は錠《じょう》を下ろすのだ」

　と助太郎が万之助らに命じて、ヘダ号の戸締りが行われた。留守番はクロと雀だ。

　総勢二十三人は船板を渡って揚州に上陸した。全員が唐人のなりをしていた。話をしなければ和人とは分かるまい。

　黒蛇頭時代、老陳の命でこの揚州を訪れたことがあるという劉源が案内したのは、小さな運河沿いの酒家で、松葉杖を突いた劉源を見た老人が懐かしげに話しかけた。なかなかの繁盛店らしく雑多な客が料理を食し、酒を飲んでいた。一頻《ひとしき》り二人が会話を交わし、その間に老人が二十三人分の席を設《しつら》えてくれた。

　運河を見下ろす席に着くと早速《さっそく》酒と茶が運ばれてきて、劉源が、

「揚州なればどのような言葉が飛び交っても不思議ではございません。この温《おん》老人の店なれば安心して飲み食いができます」

　と言い、それまで緊張して黙りこくっていた万之助らが急に喋《しゃべ》り出し、賑《にぎ》やかになった。

　藤之助の傍らには劉源とリンリンが控え、リンリンの隣に李少年が座った。

「藤之助様、この揚州で見物したい場所がございますか」

「後見の話を聞いたゆえ、茶畑、製茶の工場、茶を商う店を見たいものじゃな。われ

らはイギリス人のように茶の栽培法とか製茶の技を盗もうというのではない。上海で仕入れるより茶の値が安く、品がよいならば取引したいだけだ」

藤之助の頭にあったのは中国の茶を日本に、そして反対に日本で作られた茶葉を中国に持ち込んで交易できないか、あるいはアメリカやヨーロッパ諸国とも、という一事であった。

「分かりました」

「温実家《じつか》老人に相談してみます」

劉源が請け合ったとき、飲茶《ヤムチャ》の点心が運ばれてきて、若い連中が歓声を上げた。

「リンリン、李頓子、よう船の上で三度三度の飯をつくってくれたな。本日はそなたらの慰労じゃ、好きなだけ食べよ」

リンリンに話しかけると李少年が通詞しようとした。だが、リンリンが藤之助の言葉が分かったというように頷いた。

「なんな、おれの通詞は要らんとな、リンリン」

リンリンがなにかを李少年に答え、李が、

「コマンダンテの言葉は分からんばってん、気持ちが分かるち言いよるばい」

「それでよい」

温老人の店の料理はどれもが美味《おい》しかった。

夕餉が終わりに近づいたころ、破れ笠に杖《つえ》を携《たずさ》えた僧侶が藤之助の前に立った。白であった僧衣は汚れ、ほつれ、陽に灼《や》けた顔にはいくつも傷があり、なにより五体からきつい異臭がした。

李頓子など鼻を摘《つま》んでいた。

「そなた方は和人でございますな」

「いかにも和人です」

「つい耳に入った言葉が懐かしく声をかけました」

「御坊《ごぼう》はこの地に仏道修行に参られたか」

藤之助の問いに首肯した僧侶のために、席を劉源との間に設けさせた。そして、

「御坊、修行に差し支えなくば料理と酒を馳走《ちそう》したいが」

と尋ねると、

「恥ずかしながらこの数日、まともに食事をしておりません。それにそれがし、仏道修行の落ちこぼれにござってな、破戒坊主にござる」

新たに酒と料理が註文《ちゅうもん》され、未だ名も名乗らぬ僧侶は夢中で料理を食べ、酒を呑んだ。その様子を全員が驚きの眼差《まなざ》しで見ていた。

「ふうっ」

と満足の吐息をした僧侶が合掌《がっしょう》し、

「馳走に与《あずか》りました。私は水村宋堪《みずむらそうたん》にございます。筑前博多《ちくぜんはかた》のさる寺の修行僧にございましたが、今から二十数年前の天保《てんぽう》五年に長崎から唐人の抜け荷船に乗り込んでこの地に渡ってきて、大明寺《だいめいじ》で学びましたが、このざまにござる」

と恥ずかしげに自らの立場を告げた。

「この地で独り二十数年の歳月を過ごしてこられましたか。なんともご苦労に存じます」

「最前も申しましたが私は仏道修行の落ちこぼれにござる」

「いえ、二十余年、異郷を流離《さすら》うことがどのような艱難辛苦《かんなんしんく》か想像するだに身が震えます。御坊は仏道修行を全《まっと》うされたのです」

宋堪はにんまりと笑った。

「うれしい言葉ですな。そなた様はこの地になにをしに参られたので」

「おお、名乗りもせず失礼を申した。座光寺藤之助と申し、それがしもまた直参《じきさん》旗本交代寄合伊那衆の落ちこぼれにござる」

「お侍がまたなにを」

「御坊が筑前の出なれば長崎会所《かいしょ》をご存じであろうな」

「むろん承知です。福岡藩の黒田《くろだ》家は長崎警護を務めておりますたい」

宋堪は筑前博多のさる寺の修行僧と自己紹介したように、言葉遣《づか》いは丁寧《ていねい》なものだった。時折り筑前訛りが加わった。

「それがし、長崎会所と長崎の唐人たちの出資で設立した東方交易の商人にござる」

「座光寺藤之助様とおっしゃいましたな」

「いかにも」

「サムライ・トウノスケと呼ばれるご仁《じん》が上海で名を上げたと聞き及びましたが、もしやそのお方にござるか」

「上海の洋人の間ではそう呼ばれておるようです」

ふうっ
宋堪が大きな息を吐《つ》いた。

「なんと揚州の地で同じ国の人間に会うとは、それも大勢の若い衆もいっしょとはな」

と言いながら、宋堪が涙をこぼした。

「御坊、これからどうなさるおつもりか」

「風の吹くままにこの地を流離い、いつの日か路傍に骨を晒《さら》すことになりましょうな」

「そのお覚悟で」

「覚悟というよりそれしか生きる道もございまっせんもん」

藤之助が傍らの劉源を見た。劉源の顔には、

（また悪い癖《くせ》を出されたか）

と書いてあった。

劉源はサムライ・トウノスケと呼ばれ、上海の洋人に一目置かれる藤之助が直ぐに人を信頼する、悪い癖があることを見抜いていた。と同時に劉源自身がその藤之助の広い気持ちに受け入れられ、なんとか非情の掟《おきて》を持つ黒蛇頭一味を抜け、頭目の老陳にそれを認めさせて、新たなる道を歩んでいることをとくと承知していた。それもこれも藤之助の寛容《かんよう》な応対がなせることだった。

劉源は微笑で応えた。藤之助が言った。

「御坊、われら、この先の京杭大運河の船着き場に東方交易の旗印を掲げた二本帆柱の帆船ヘダ号を止めておる。数日後には出立《しゅったつ》して長江を遡る旅を続ける。それまでに、腹が空いたなれば、船を訪ねておいでなされ」

「真《まこと》か」

宋堪の顔に喜びが奔《はし》った。

その時、劉源が唐人の言葉で宋堪に話し掛けた。すると宋堪も唐人の言葉で応え、二人の会話はしばらく続いた。劉源がなにがしかを宋堪に渡し、宋堪が合掌するとその喜捨《きしゃ》を受け取り、劉源がなにか念を押した。

「座光寺様、そなた方と会えて悦《よろこ》ばしいかぎりであった」

宋堪が藤之助に言い、立ち上がると合掌して何処《どこ》かに姿を消した。

李頓子がごほごほと咳《せき》の真似《まね》をした。するとリンリンが何事か注意した。

「船に訪ねてくるやろか」

と李少年がだれにともなく言い、

「コマンダンテ、劉後見がくさ、ヘダ号を訪ねてくる時は、与えた銭で湯に入り、ぼろを捨ててくさ、蚤虱《のみしらみ》のたかっとらん衣でこいと言いなさったもん。ちゃんと聞くやろかね」

と言い足した。

「後見、彼の言葉に疑いを感じられたか」

「いえ、おそらく言葉とそう変わりありますまい。彼が話したわれらの言葉もちゃんと寺修行で習ったものですし、李の和語など比べようもございません」

「ありゃ、後見はなんばいうとると」

と李少年が文句を付けた。

「もしヘダ号を訪ねてくるようなれば、どうなされますな」

「さあてな、異郷を流離った二十余年は重みがござろう。なんぞ東方交易の役に立つならばいっしょに上海に連れ戻ってもよい。だが、宋堪御坊が、いや、このままの暮らしがよいというなれば、われらはもはやどうにもなるまい」

藤之助の言葉で、揚州第一夜の夕餉は終わった。

台所を預かるリンリンが温老人を呼んで精算をなし、藤之助がなにがしかの心付けをそれに加えた。

劉源が温老人に茶畑、製茶の工場、茶を商う店などを見たいという藤之助の頼みを伝えると、二人の間で会話が飛び交い、劉源と温老人が抱き合ってまた話を始めた。

その話は言葉の分からない藤之助にも理解できた。片足を失い、黒蛇頭を抜けた経緯《いきさつ》を聞かれているのだろう。

何度か話の合間に抱き合い、最後に温老人が藤之助に握手を求めた。

店を出ると、柳の植えられた運河沿いの河岸道にランタンが灯り、夏の宵《よい》が心地良い揚州であった。

「どこに行っても後見には知り合いがあるな」

「私が知る中国はここまで。この上流は未知の土地にございます。ひょっとしたら宋堪御坊なれば歩いておられるかもしれませんな」

「訪ねてくるかな」

「和人恋しさが募っておいでたしたからな」

劉源が笑った。

その瞬間、藤之助と劉源は同時に一行を見張る、

「眼」

を意識した。

「初めての土地にわれらの知り合いはおるか」

「いるとすれば宋堪御坊」

「後見、彼に我らをつける理由はなかろう。ヘダ号の停泊場所も教えておるのだ」

「いかにもさようでした」

「まあ、なんであれ、退屈には事欠かぬということだ」

京杭大運河の船着き場に戻ると、クロがわんわん吠えて喜びを表した。藤之助は劉

源といっしょに最初に船板を上がって、クロを撫《な》でた。

「ヘダ号には異変はないようだな」

「ございませぬな」

と二人の問答はそれで終わった。

第二章　乞食《こじき》坊主

一

翌日、藤之助《とうのすけ》と劉源《りゅうげん》が話し合い、佐々木万之助《ささきまんのすけ》ら十八人を二つ、一之組、二之組に分け、それぞれ万之助、後藤時松《ごとうときまつ》を組頭《くみがしら》として一組交替でヘダ号の留守番要員と決めた。また揚州《ようしゅう》見物に出る組には李頓子《りとんし》とリンリンを通詞《つうじ》としてつけ、見物と同時に買い物などをさせることにした。

藤之助は時松ら一人ひとりに清国元《しんげん》の小遣《こづか》いを与え、交易の品になりそうなものは少々高くとも買い求めよと組頭に相応のメキシコ・ドル銀貨を預けた。

まず後藤時松組が揚州見物組として、李少年とリンリンと勇んで出ていった。時松らが初めて香港《ホンコン》、上海《シャンハイ》を訪ねてから二年近くの歳月が過ぎていた。

時松らだれもが逞《たくま》しくなり、独り歩きさせてもいいほどだ。だが、まず用心にこしたことはあるまいと、若い男女の案内人を付けたのだ。

一方、万之助組はヘダ号の留守番と同時にヘダ号船体の点検整備、砲備、三挺鉄《さんちようでつ》砲《ぽう》、シャープス騎兵銃《きへいじゆう》の手入れに精を出した。留守番組にはクロの散歩もあり、津江《つえ》銀次郎《ぎんじろう》が大運河の土手を四半刻《しはんとき》（約三十分）ほど散策した。

藤之助と劉源は揚州の問屋街に向かい、どのような交易品が扱われ、売られているか見物すると同時に、昨晩、酒家の温《おん》老人が紹介してくれた茶問屋を訪ねてみることにした。

田神助太郎《たがみすけたろう》は万之助組の要員としてヘダ号に残ると自ら希望した。

藤之助と劉源がヘダ号を離れたのは五つ（午前八時）の刻限で、ちょうど銀次郎がクロの散歩から戻ってきた。

「コマンダンテ、後見、夜見た揚州も美しいですが、日中の大運河沿《ぞ》いも活気があってようございますな。それがし、揚州が気に入りました」

銀次郎が言い、クロも満足げだった。雀《すずめ》はヘダ号を棲《す》み処《か》と考えたか、どこかへ飛んでいく気配もない。

ヘダ号の船板を上りかけた銀次郎が、

「コマンダンテ、大切なことを言い忘れていました」

「なんだな」

「昨晩、酒家で会った坊主どのと土手道ですれ違いました。されど先方はこちらのことに気付かずさっさと歩き去りました」

「ほう、それがしの話を確かめにきたか」

藤之助が答える傍《かたわ》らから劉源が、

「湯屋に行った様子はあったかな」

と尋《たず》ねた。

「いえ、ぷんぷん異臭を放つ様《さま》は昨日以上、数丁離れてもすぐにあの坊さんと分かりますよ」

「それは困った。私どもの留守中に訪ねてきたら、湯屋に行き、着物を着かえてこよと言うて船に上げてはなりませんぞ。ヘダ号が蚤虱《のみしらみ》の巣窟《そうくつ》になるのだけは避けたいですからね」

劉源が銀次郎に言い、その会話を操舵場《そうだば》から聞いていた田神助太郎が、

「後見、間違ってもそのような真似《まね》は致しません。私と藤之助様が長崎から唐人のジャンク船に乗って上海に戻ってきたときの難儀をこのヘダ号では経験したくございま

せんでな。ご心配なく」

と声を掛けてきた。

「助太郎、そのお蔭《かげ》でかような散斬頭《ざんぎりあたま》になり、さっぱりしたではないか」

助太郎も主の藤之助に続いて、断髪をしていた。

「藤之助様がなんと申されようと、あのお坊さん、あの姿のままでヘダ号には乗船させません。どうしても乗るというのなら、大運河の流れに裸にして一日浸《つ》けた上で乗船させます」

「相分《あい》かった、留守を頼む」

最後に藤之助が助太郎に願い、二人は揚州の町へと出かけた。

「宋堪《そうたん》御坊、藤之助様の言葉にすがる気のようですな」

「さあてのう」

「来ないと申されますので」

「二十余年も異郷をさ迷うた者は用心深いと思うたのだ。銀次郎が見たように、早速《さっそく》ヘダ号を確かめにきたようではないか。来るとしても一日二日おいてのことであろうな」

「コマンダンテ、その時はその時のことでございます」

と応じた劉源が、

「昨晩、感じたわれらを見張る眼は宋堪御坊ではありませんか」

と念を押した。

「後見、あのわれらを見張る眼差《まなざ》しには敵意があったとは感じないか」

「いかにも敵意がございましたな。ですが、今や黒蛇頭《くろじゃとう》の老陳《ろうちん》はわれらの味方にございましょう」

「そういえるかのう。呉満全《ごまんぜん》が謀反《むほん》を起こした非常時ゆえ、敵の敵のわれらと組んだのではないか」

「あの老陳が敵であった藤之助様と情を通じた、昔の老陳では考えもつかぬことです。その老陳がわれらを監視する意味がございましょうか」

「差し当たりあるまいな。ちりぢりに逃げた呉満全一味の残党にもそのような力は残っておるまい」

「ございませんな」

「となると黒蛇頭でも謀反組でもない。揚州にわれらのことを知る者がおるか」

いえ、と劉源が首を横に振った。

「そなた、老陳の遣《つか》いで揚州に来たことがあると申したな。その折、仇敵はおらなかったか」

「あれは格別の遣いでもございませんでした、見張られるような覚えはございません」

劉源が言い切った。

「よし、この一件はしばらく二人の胸に仕舞《しま》って様子を見ようか」

藤之助がこの話題に蓋《ふた》をした。昨夜の無頼どもの粗暴な行動は〝眼〟とは異なるものだと藤之助は思っていた。

この日、藤之助は唐人服の下にホイットニービル・ウォーカー四十四口径リボルバーを携帯しただけのなりで、劉源も松葉杖に仕込んだ散弾銃一発があり、それだけが二人の武器だった。

劉源は藤之助をまず明《みん》代に建てられたという仏塔へ案内した。古い運河沿いに文峰《ぶんぽう》塔《とう》はあった。だが、文峰塔を二人が訪ねたわけは他にあった。

「藤之助様、和国に渡った鑑真《がんじん》上人が揚州生まれだと話しましたな。鑑真上人の生まれは西暦の六八八年、この国では垂拱《すいきょう》四年にあたります。宋堪御坊が学んだという大《だい》明寺《めいじ》にて律《りつ》学を講じておられたのです。その折、和国から二人の僧がこの地に渡来し、未だ混沌《こんとん》としておる和国の仏教のために力を貸してほしいと懇願したそうです」

鑑真和上《わじよう》の名は承知していても詳《くわ》しくその為人《ひととなり》、業績を知る藤之助ではなかったから、興味深く劉源の話に耳を傾けた。

「和国では仏教を秩序立てて説く僧侶を捜《さが》していたのです。それはそうでございましょう、二人の渡来者の話を真面目に聞く者はいなかったそうな。だが、この国と和国の間に横たわる大海原を安全に渡る船はまだ建造されていなかったのですからな。航海術もない時代に小舟に乗り、命を捨てる覚悟がなければ真《まこと》の仏教を教えに和国にはいけません。また唐《とう》の朝廷の許しも出ないので、密航ということにもなります。悲嘆する和国からの僧を見て、鑑真上人は私が参ろうと決断なされたそうな。藤之助様、鑑真上人は私どもが立っておるこの文峰塔前の古運河から和国へと渡っていかれたのです」

「奈良の唐招提寺《とうしようだいじ》を建立《こんりゆう》なされた鑑真上人はこの場から出立《しゆつたつ》なされたか」

「ですが、考えた以上に船で和国に渡ることは困難を極めました。鑑真上人は五度も失敗し、両眼を失明したにも拘《かか》わらず、六度目の航海で和国の薩摩《さつま》の浜にようよう辿《たど》り着いたのです」

「ご苦労なされたのじゃな。千百年以上も前にわが国に渡ることを考えれば、われらの航海はなんでもないな」

「五十代半ばで和国行《ゆき》を決断した鑑真上人は和国の地に立ったとき、七十に近い齢《とし》になっていたのです」

「さすがはわが後見、日本人のそれがしが知らねばならぬことをよう承知かな。鑑真和上によって、わが国の仏教は秩序ができたのですな」

「七五四年、鑑真上人は大和国《やまとのくに》奈良の東大寺《とうだいじ》の大仏殿にて聖武《しょうむ》天皇ら四百余人に授戒をなされたのです。そして、五年後には律宗の総本山唐招提寺を建立したのです」

鑑真が学び、日本に伝えた律宗とは南都六宗の一つで戒律を学び、実践を主になす宗派のことだ。日本では鑑真が創建した唐招提寺が本山であった。

藤之助は古運河に立ち、命を捨てて日本に渡り、仏教を広めた鑑真上人の覚悟と勇気を思っていた。

「藤之助様、かようにも教師面《づら》をして述べ立てましたがな、私も長崎の唐寺興福寺《こうふくじ》の住職に揚州生まれの鑑真上人の勇断を教えられたのです」

と言った劉源が、

「どうです、鑑真上人が仏教修行をしていた大明寺を訪ねてみませんか。茶問屋はそれからでも十分間に合います」

「ぜひ願いたい」

劉源は古運河から北に向かって二道河沿いに歩き、痩西湖《そうせいこ》の湖岸に出た。細長い湖の周りには寺や庭園が見られ、藤之助が異郷の地にあることを、往来する人々の華やかな衣服と感情豊かな言葉が教えてくれた。

大明寺は揚州の西北の小高い丘にあった。

「寺は南朝宋《そう》の大明《だいめい》年間（四五七〜四六四）に建設された故《ゆえ》、この寺号になったそうです。ですが、その名は何度も変わり、清の皇帝の命により法浄寺《ほうじょうじ》と替えられたこともあったようです。ですが、唐招提寺を建立したのち、一時この地に戻ってこられた鑑真上人によって、もとの大明寺に戻されたのです」

劉源の話を聞きながら山門を潜《くぐ》ると、境内の一角に破れ笠をかぶった乞食《こじき》坊主の姿を見付けた。

むろん宋堪御坊だ。

「ほうほう、乞食坊主、昔修行した大明寺に足を踏み入れる勇気を持ち合わせておるようですな」

劉源も宋堪の気配を認めて笑った。

そんな二人が見ているのを承知しているのか、宋堪は若い修行僧と口角泡《こうかくあわ》を飛ばす調子で喋《しゃべ》りながら、ちらりちらりとこちらの行動を見ていた。

藤之助と劉源は、線香を買い求め、本堂に入った。なんと本堂の一角に和国の人々に仏教の授戒をなした鑑真和上の木像があった。

線香を手向《たむ》けていると、ぷーんと異臭がして、宋堪が二人の背に近付いてきたのが分かった。そして、唐人の言葉での読経《どきょう》が始まった。

甲高《かんだか》い声ながら、抑揚があって長い修行を感じられる読経だった。

その場にある唐人たちも異臭を放つ乞食坊主の読経をありがたく拝聴していた。宋堪自らは破戒坊主と名乗ったが、なかなかどうして読経を聞くかぎりそれなりの厳しい仏道修行を為《な》したのだろう。

藤之助と劉源は鑑真和上の木像の前を離れ、本堂を出た。

「あの坊主、なにを考えておるのでしょうかな」

「さあてな」

と首を傾げたとき、宋堪が姿を見せた。

「御坊、われらに用事ですか」

「昨夕、馳走《ちそう》に相《あい》成りましたでな、お礼の言葉を申し上げようと考えておったところ折よく大明寺に来られたたい」

「折よくですか。われらを尾《つ》けて先回りしたのではないと申されるか」

「尾けたと言いなさるな。律宗を学んだそれがしが何用あって、座光寺《ざこうじ》藤之助様方を尾行しますな」

「そう聞いておきましょうか」

「藤之助様方は、これからどちらに参られますと」

「道案内は劉源が為してくれます」

「いえ、そういうわけではございませんたい」

と応じた宋堪の破れ笠の下の顔を見て、藤之助はふと思い付いた。

「劉源に茶問屋に案内してもらいます。御坊、いささか頼みがござる。聞いてくれますか」

「そなた様には一飯の恩義がありますでな、なんなりと」

「昨夜、御坊と別れて船に戻る道中、たれぞに見張られているような感じがしたのです。この揚州はわれらにとって初めての土地でござる。にもかかわらず、監視の目を感じた。いかにも訝《いぶか》しい」

「愚僧ではなかです」

と即座に宋堪が手をひらひらさせて否定した。

「そのことを考えないではございませんでしたが、御坊がわれらを監視する理由もなし。また御坊なら体から発する臭《にお》いですぐにそなたと気が付きます」

うーむ、と宋堪が汚れた法衣《ほうえ》の袖《そで》を鼻に持ってきて臭いを嗅《か》いだ。

「ちと臭いがするち言いなさるな」

「御坊は臭いませんか」

「慣れたせいやろか、何も臭《くさ》いことなか。この揚州はくさ、表通りや庭園ばかりではございませんたい、路地に入ればくさ、臭いがしなかほうが怪しまれるたい。そんなわけでくさ、異郷で暮らしていくためにくさ、臭いは体の一部になったと」

「まあ、それはそれでよい。われらを尾行する者を宋堪御坊が炙《あぶ》り出してくれませぬか。いえ、捉《とら》えよというておるのではない、身元が分かればよい」

「サムライ・トウノスケと呼ばれる武人でもさように用心をなされると」

宋堪はどこぞであれこれと藤之助らの知識を仕入れてきたらしい。

「われら、決して望んだわけではございませんがそれなりに敵が多うござる。ゆえに相手が何者か承知しておくことが、万が一の折に役立ちます」

ほうほう、と藤之助から劉源に視線を移した宋堪は、

「そなた、黒蛇頭の老陳の腹心であったそうやなか」

「なかなか調べが行き届いておりますな。いかにも老陣の配下の一人でしたが、ただ今は改心してかように座光寺藤之助様の道案内を務めており申す」

「黒蛇頭をようも抜けられたたいね」

と呟《つぶや》いた宋堪が藤之助に視線を戻し、

「最前の話、承《うけたまわ》りましたばい。調べが付いたらヘダ号に知らせに上がりまっしょ」

「その前に湯屋に行き、長年の垢《あか》を洗い流して衣服を着替えてきて下さい」

劉源が釘を刺した。

「この臭い、愚僧の体の一部ばい、身を清めぬと藤之助様の船には乗せてもらえぬかのう」

「ヘダ号を蚤虱の巣窟にしとうはございません。船で飼われておる犬とて宋堪さんより断然清潔です」

「おぬし、ほんとうに黒蛇頭の手下《てか》であったとやろか」

宋堪が劉源に反撃した。

「宋堪さん、船戦《ふないくさ》で足を失うたとき、わが命は尽きたも同然であった。だが、あれこれあってな、最後には藤之助様が老陣と話を付けて下された。ために命を長らえておる」

「座光寺藤之助ちゅう人物にくさ、老陳が一目《いちもく》おいておるということね」

「そう考えられてもよい」

首肯《しゅこう》した宋堪が、

「藤之助様、わしを待たんでくさ、船を出さんでくれんね。必ず訪ねるけん」

と言い残して姿を消した。


その昼下り、藤之助と劉源は揚州の繁華な通りの茶店に一休みして大勢の人々が往来する賑《にぎ》やかな光景を眺めていた。唐人とひと括《くく》りできぬくらいに形《なり》も言語も体付きも違う雑多な人々が行き来し、その中には明らかにヨーロッパ人やイスラムの民《たみ》と思われる商人や船乗りたちもいた。

「それがし、上海や香港を見て、この国を知ったような気でいたが、内陸に入るとまるで違う都があり、暮らしがあるな」

「唐《とう》時代、揚州は『揚一益二《よういちえきに》』と謳《うた》われた都にございます」

「益とはどこか」

「益州《えきしゅう》にございまして、三国時代の蜀《しょく》の都の成都《せいと》のことです」

「劉備玄徳《りゅうびげんとく》の支配した都か。それにも増してこの揚州は繁華第一の都であったか。どうりで旅人をも飽きさせぬ土地じゃ」

　劉源は煙草《たばこ》をゆったりと喫していた。

　二人が座る茶店の前にも運河が流れ、小舟が行き来していた。

「この揚州を揚一と呼ばせ、豊かにしたのは塩の売買にございましたそうな。千年余り前の唐時代には塩を国が独占し、国家財政のもっとも重要な収入源だったのです。その塩を扱っていたのが揚州商人なのです」

　劉源の話に相槌《あいづち》を打ちながら、藤之助は再び監視する眼を意識していた。劉源も当然承知していた。

「塩について面白い話がございます」

「なんじゃな」

「この揚州を乾隆帝《けんりゆうてい》が訪ねた折のことです。皇帝がこの町には北京《ペキン》にあるような白塔はあるかと尋《たず》ねられた。応対していた役人が、ありますと答えたのですが、咄嗟《とつさ》の勢いで答えたのであって、本当はない。白塔をどうするか、揚州の名士たちが知恵を絞り、次の日、乾隆帝を痩西湖に案内すると湖岸に鮮やかな白塔が空に聳《そび》えており、湖面に美しい姿を映していたそうな」

「一夜城というのは聞いたことがあるが、一夜白塔をどうして造ったのであろうか」

「塩商人の知恵で塩田から塩を運び、一晩で塩を積み固めて白塔を完成させたのでございますよ」

「なんとのう。塩商人の機知と財力が窺《うかが》えるな」

「そろそろ茶問屋を訪ねる刻限になりました、参りましょうか」

「連れを伴《ともの》うて参るか」

「それもまた揚州に遊ぶ一興にございましょう」

と劉源が平然と答えた。

二

和国でいう八つ半（午後三時）の頃合い、藤之助と劉源は石の古い門を潜ったところから延びる石畳《いしだたみ》の問屋街に入って行った。すると通り全体からなんとも爽《さわ》やかな香りが漂ってきた。温老人が指定した昼下りは、茶と薬種《やくしゅ》店が混在した問屋街に客足が少ない刻限なのだろう。

「茶と薬種を扱う問屋街か、江戸にもかような同じ業種の問屋街があるにはあるが、かように規模が大きなものは見たこともない」

藤之助が呟いた。

「むろん茶も薬種も小売りも致しますが多くの老舗《しにせ》は、何百年も茶葉や薬種を専門に扱ってきております。店の他に製茶の工場を揚州の外れに持ち、中には広大な茶畑を所有しておるところもあります」

劉源が囁《ささや》き声で藤之助に注意した。

「藤之助様、念押しになりますがこれから先は言葉の不自由なふりをしてくれませぬか。温老人の話でもイギリス東インド会社の茶葉密偵《プラント・ハンター》が茶葉と製法をインドに密かに持ち出して以来、国内の茶葉問屋、製茶工場、茶畑は異人をなかなか受け入れないそうでございますからな」

「温老人の口利きの茶問屋でもだめか」

「瘦西茶公司《そうせいちゃこうし》は受け入れてくれるとは思います。されど最初は用心に越したことはございますまい。主《あるじ》たる藤之助様は番頭たる私の交渉を見守る体《てい》で供された茶を鷹揚《おうよう》に喫して下さい。話はあとで申し上げます」

「頼もう」

藤之助は願うしかなかった。

石畳の問屋街を二丁（約二百メートル）余り東に進むと運河と交差した。

反《そ》り返った石橋の袂《たもと》に目指す痩西茶公司はあった。

運河の氾濫《はんらん》に備えてか、基礎は三段の石造りの上に築かれ、二階建ての建物はくすんだ弁柄色《べんがらいろ》の壁で、黒光りした柱はどれも径一尺三寸はあり、堂々とした老舗であった。また運河沿いに船着き場を有し、荷船が二隻舫《もや》われていた。だが、昼下りの刻限とあって、時がゆったりと店内にも運河にも流れていた。

この日、藤之助も劉源も絹地の長衣を着て、いかにも大店《おおだな》の主と番頭、あるいは支配人というなりを装っていた。

藤之助の頭には、揚州で買ったパナマ帽が夏の陽射しを防ぐために乗っていた。

劉源が三段の石段を上がって敷居《しきい》を跨《また》ぎ、薄暗い店に入ると藤之助も続いて、パナマ帽をとった。

店内はひんやりとして静かで、土間の隅では大きな猫が居眠りしていた。よく見ればあちらこちらに猫がいた。品物をいたずらする鼠《ねずみ》を摑《つか》まえるためか。

間口十五間（約二十七メートル）ほどの店の天井は高く、壁の一面に作り付けの、数えきれないほどの引き出しがあって、中国各地の銘茶が中に入っているものと思われた。

一見江戸の漢方を扱う唐薬種店の雰囲気に似てなくもないと藤之助は思った。だが、この痩西茶公司のほうが断然店の規模は大きく、支配人以下奉公人もどことなく悠然と構えて初めての客に声をかける風でもない。値踏みをしているのだろうか。

劉源が温老人の名を出して自らを名乗った。

藤之助と劉源は話し合い、身許を聞かれたら正直に上海の交易会社の主従であり、長江遡上《そじよう》の旅の途中に揚州に立ち寄ったと話すことにしていた。そして、和名の座光寺藤之助を少しもじり、主の名は藤助光《とうじよこう》と劉源が答えることにしていた。

劉源の挨拶《あいさつ》に、支配人と思える初老の奉公人が奥へ、運河の往来が見える応接室へと二人を通した。

長年の商いの間に数多《あまた》の客と接した雰囲気があり、天井も高く、壁も揚州八怪が名立たる工人の手による螺鈿《らでん》細工によって描かれ、十畳ほどの応接室の隅には火鉢《ひばち》が置かれて、炭火が埋《い》けられ、湯が沸く音が静かに響いていた。

劉源が藤之助を紹介した様子に、支配人がわずかに愛想を浮かべた。

藤之助も鷹揚に頷《うなず》いた。

まず茶を支配人が優雅な所作で淹《い》れてくれた。

急須《きゆうす》といくつもの茶碗を並べ、悠然たる手付きで茶を淹れる様《さま》は和国の茶道の手並みに似てないこともない。

その動きを見ていると、茶が唐人の間にもいかに大切なものか藤之助にも分かった。

供された茶は緑茶であった。日本で飲む煎茶《せんちゃ》などより湯温が低く、その分、まろやかで茶葉の香りが口に広がった。

朝から揚州の町を歩いてきた二人には、温《ぬる》めの緑茶が甘味を伴ってなんとも美味で爽《さわ》やかだった。

茶を喫しながら劉源と支配人の間に会話が交わされた。

藤之助は言葉が分からぬながらも、あたり障りのない話のようで堂々巡りをしているなと感じた。

劉源の表情を見ていると、どこか迷いがあるように思えた。どこから話を切り出そうかと逡巡《しゅんじゅん》しているのだ。

四半刻がいつしか過ぎていた。

不意に支配人の眼差《まなざ》しが藤之助に向けられ、

「サムライ・トウノスケ様にございますな」

と和語が発せられた。

不意を突かれた劉源が、あっ、と驚きの声を洩《も》らした。

うっふふふ・

藤之助が苦笑いをなし、

「支配人どの、許されよ。身分を偽るつもりはなかった。だが、近年異人に対して内陸部の取締りが厳しいと聞いたでな、つい姑息《こそく》な手を使《つこ》うた」

と詫《わ》び、

「それがしとどこぞで出会《でお》うたであろうか」

と問い返してみた。

「トウノスケ様が覚えておられぬのは至極当然のことにございますよ。二年以上前のことにございますよ。上海のインペリアル・ホテルで長崎会所《かいしょ》の町年寄高島《まちどしよりたかしま》家のお嬢様とそなた様が、国際租界に初のお目見えをなされた。その折、私も東インド会社との商い話に呼ばれ、あの場におりましてな、遠くから和人の男女を眺めておったのでございますよ」

「そうであったか。劉源、小細工は役に立たぬな」

藤之助の言葉に劉源が、

「支配人どの、申し訳ないことを致した、許してくれ」

「いえ、劉源さん、用心に越したことはございません。清国政府はイギリス東インド会社の此度《こたび》の仕打ちに大いに憤慨《ふんがい》しておりますでな。すでにインドで茶の栽培と製茶が始まっております。ために政府はこれ以上、植物を盗まれぬようにと厳しいのです。海岸部の一部は洋人に明け渡しても内陸部には立ち入らせぬと、近ごろ厳しい警戒が続いております」

「改めて名乗る。東方《とうほう》交易の座光寺藤之助にござる」

「私は支配人の与名知《よめいち》にございます」

三人はようやく話し合いの準備を終えた。

「支配人どのは和語を上手に話されるな。長崎を承知かな」

「いえ、和国には参ったことはございません。和国も茶を産するゆえ、うちと商いはございませんから長崎に参る機会はございませんでした」

「ならば和語をこの揚州で習われたか」

「大明寺には鑑真上人の時代から常に和国のお坊さんが修行に見えますのでな、そのお坊さん方から習いました。なあに異国の言葉を覚えるのは揚州商人の嗜《たしな》みにございますよ」

「見事な和語にございます」

劉源も与の言葉を褒《ほ》めた。

「劉源先生が黒蛇頭の一味として抜け荷をしながら和語を覚えたことに比べれば、なんの苦労もございませんでしたよ」

「支配人どのは私の出自《しゅつじ》も承知か。これだから揚州商人には少しの油断もなりませぬな」

「黒蛇頭頭目《とうもく》の腹心が東方交易のサムライ・トウノスケ様の下に移ることをようも老陳が許しましたな」

支配人はそのことに関心を示した。

劉源が掻《か》い摘《つま》んで老陳一味から離れた経緯《いきさつ》から東方交易に拾われ、黒蛇頭一味の内紛もあって、東方交易と老陳一味が手を組まざるを得なかった事情までを告げた。

「黒蛇頭から生きて出るなど聞いたことはありません。よほどサムライ・トウノスケ様と老陳は気が合ったのか」

「副将の呉満全が裏切ったことは、老陳には大きな驚きであったのだろう。敵の敵は味方ということもあり、われらを一時にしろ味方と考えたのではなかろうか。それに老陳は長年の阿片《あへん》の吸飲で体も気力も弱っておるでな」

「老陳も齢《とし》には勝てませぬか」

「そういうことだ。それにわが徳川《とくがわ》幕府が長崎の外、横浜、箱館《はこだて》の開港をイギリスなど五ヵ国に認めた。となると抜け荷商いも考え直さざるをえまい。このへんが隠居の潮時と考えておるのではないか」

「トウノスケ様、海賊商いに楽隠居の暮らしなどございませんよ」

と笑って答えた与支配人が、

「ところでトウノスケ様はうちにどんな御用で見えられましたな」

と本来の話題に戻した。

「そなた、長崎会所と長崎の唐人らが出資し、上海に東方交易を設立して、すでに商いを始めたことは承知しておるな」

「高島玲奈《れいな》様とトウノスケ様の背後にはジャーディン・マセソン商会が控えておると風の噂《うわさ》に聞きました」

「長崎が独占的に持っていた交易権を失い、上海に東方交易が設立されたのは時代の流れであろう。われらはわが国の品やこの国の物産をバタビアやマラッカに運び、イギリス、フランスの交易船と商いをしようと考えた。ゆくゆくはパシフコ海を渡り、アメリカとも交易をと考えておる」

「それはまた壮大な夢を持たれましたな」

「夢ではない。すでにイギリスなど列強が東インド会社を通じてやっておることを、わが国や清国にできぬはずはあるまい」

藤之助は、すでに東方交易が大型快速帆船《クリッパー》のレイナ一世号とストリーム号を所有しており、初めての交易の旅に出立していることを支配人の与に告げた。

「なんとさような洋式大型帆船をお持ちになって、すでに交易に出ておられましたか。船長《ふなおさ》はだれにございますな」

「高島玲奈と長崎の唐人町の長老黄武《こうぶ》尊大人《そんたいじん》だ。本来なればそれがしがこの役目を務めねばならなかった。だがな、それがし、直参《じきさん》旗本として江戸に戻らねばならぬ急務があって、二人が代わりを務めてくれておるのだ」

「黄大人のことは聞いたことがございます」

と与が言い、

「江戸と御領地で用事を済まされ、上海に戻られたトウノスケ様は長江遡行に出てこられたというわけですな」

「そういうわけだ、支配人どの。われらが上海を拠点に商いを続ける以上、この国のことを少しでも知ることが大事と思い、劉源を水先案内人にして揚州を訪れた」

「さてそこです。揚州でこの瘦西茶公司に姿を見せられた、それは茶を買うためにございますかな」

「この長江遡行の徒然《つれづれ》の話から茶葉がそなたら唐人にとって、嗜好品のみならず交易品としても貴重な存在ということを劉源に教えられた。ならば茶を一から学ぼうとこちらを訪ねたが、迷惑であったかな」

「なんの迷惑がございましょう。茶の話なればいくらでも付き合います。ただし、イギリス東インド会社が放ったような茶葉密偵《プラント・ハンター》は困ります」

「われらは、これから商いの時代と思うて東方交易を上海に設立した。交易である以上、一方的であってはならぬ。お互いが利得を得なければなるまい」

「いかにもさようです」

与がようやく得心したように言い切り、今度は別の茶を淹れた。

「トウノスケ様、茶のことをどれほど承知にございますか」

「支配人どの、それがしの領地は和国の内陸部にあってな、伊那谷《いなだに》と申し、貧寒とした土地だ」

と前置きした藤之助は、茶を嗜む境遇になかったことを正直に告げた。

「分かりました。ならば茶葉の初歩からお話ししましょう。中国では茶のことを茗《めい》とも呼びます。茶の木の栽培は、人身牛首の伝説の帝王、神農《しんのう》時代からあったそうです。ですが、茶葉を火にかけて煮出すやり方で茶を嗜むようになったのは隋《ずい》代に入ってからです。そのころは拝茶《はいちゃ》とか煎茶でした。宋代《そう》に移ると茶の新しい製法が生まれ、清代になってかような茶器が生まれました」

与は自らが使う茶器を藤之助に示した。

「この中国各地で産する茶葉は数千種に及びます」

「なにっ、茶葉を数千種類も産するか、さすがに大国かな」

「ですが、大きく分けて六種と考えてようございます。まずトウノスケ様が最初に喫された緑茶、さらにただ今淹《い》れました青茶、ほかに黒茶、紅茶、白茶、黄茶にございます。これを六大茶類と呼びます」

一番飲まれるのは緑茶で、七割から八割がこの種という。

緑茶は、茶葉を摘《つ》みとったあと、加熱処理を行い、酸化発酵《はっこう》を止める。ゆえに無発酵茶と呼ばれた。そして、加熱の際には茶葉を蒸《む》さずに釜《かま》煎《い》りをして仕上げるという。

日本の茶はこの緑茶とほぼ同じだが、加熱の際に蒸す工程が加わるという。

青茶は茶葉をある程度の期間発酵を進めてから加熱処理を行った茶である。ために半発酵茶とも呼ばれる。ただし茶の種類によって発酵度が大きく異なり、風味も違う。半発酵の過程で茶葉が銀青色になるために青茶と呼ばれる。代表的な青茶は烏龍《ウーロン》茶《ちゃ》であるとか。

　黒茶は緑茶と同じように加熱処理を行った後、コウジカビによる二次発酵を行った茶のことだ。六大茶類の中でただ一つ、微生物による発酵を施された茶であり、新茶より長い歳月熟成発酵させたものが珍重され、高値で取引される。雲南《うんなん》省産の普洱《プーアール》茶《ちゃ》が名高いという。

　紅茶は茶葉を乾燥させ、徹底的に揉《も》みこむことによって酸化発酵をとことん行った茶であり、茶碗に入れたとき紅く見えるので紅茶と呼ばれる。

　白茶は茶葉の若葉、もしくは芽を選んで摘み、わずかに発酵させたところで（萎凋《いちょう》とよぶ）乾燥させた茶である。揉みこむ工程を経ないために発酵がゆっくりと進み、若葉のうぶ毛が白くみえるとか。

　最後に黄茶は、茶葉の芽を摘み、緑茶とは異なる加熱処理を施し、酵素による酸化発酵を行い、さらに悶黄《もんおう》と呼ぶ熟成工程を経た茶葉で、湯が淡い黄色に染まるために黄茶と呼ばれる。六大茶類の中では製茶量が少なく、貴重品で、かつ高値で取引されるという。

「トウノスケ様、茶というても大まかに六大茶類に分けられますがな、産地、製法、茶の木などによって最前申しましたように数千種に細かく区別されます。最近では緑茶に花の香りを移した花茶《かちゃ》というものも出てきました。かように茶の栽培と茶の製法、さらには茶の嗜み方は、何百年もの時の流れの中で創意工夫されたものにございます。茶葉密偵《プラント・ハンター》を忍び込ませて盗み、インドに移植したところで、そう簡単によい茶葉はできませぬよ」

　痩西茶公司の与支配人が話を締めくくった。

　だが、支配人がこの茶葉移植に神経を尖《とが》らせているのは確かと思えた。そして、なにか懸念を胸に抱いているとも藤之助は感じた。

「茶は知れば知るほど深《ふこ》うござるな」

「いえ、茶の基《もと》になる知識をざあっとお話ししたに過ぎませぬよ。トウノスケ様、茶葉のことをもっと知りとうございますか」

「支配人どの、われら東方交易は阿片を省《のぞ》いて、あらゆる物品を、あるところからないところへと運び、商いを通じて、利益を生むことを考えておる。むろん、二つの土地の人々が利を得なければ交易とはいえまい。この地で栽培され、最前それがしが喫したような茶葉なれば、わが国に運んでも欲しがる人はいると思う。そのために少しでも茶葉のことを知っておきたい」

　藤之助の感想に与支配人はしばし沈思した。

「痩西茶公司は製茶工場も持っており、揚子江渓谷には茶畑もございます。ですが、そちらを訪ねることは私の一存では許しを与えられません。主《あるじ》に相談しますゆえ、一日二日時を貸して下され」

と与が願った。

「支配人どの、承知仕《つかまつ》った。われらは決して茶葉の製法を盗みにきたものではない、と主どのに伝えてくれ。交易商人である以上、その品を互いが納得する額で買いとり、ほかの地に運んで利を出すように努める。それ以上のことは決して致さぬ」

と重ねて考えを述べた。

「サムライ・トウノスケ様の言葉を信じましょう。ただし、私どもはイギリスの東インド会社の仕打ちを忘れることはございません。ためにかように即答は出来かねるのです」

と与が言い添えた。

いつの間にか夕暮れが迫っていた。

二人は黙々とヘダ号の停泊する古運河の船着き場へと急いでいた。

「藤之助様、数年前ならば彼らも藤之助様の願いを快く聞いたでしょう。ですが、イギリスが中国の貴重な茶葉の栽培法と製茶法を盗んでインドで紅茶栽培をしている最中、神経を尖らせておりますゆえ、簡単には許しが出ないかもしれません」

「こちらの誠意を気長に見せるしかあるまい」

藤之助の言葉に頷いた劉源が、

「茶問屋には組合がございますそうな。その組合を監督するのは当然清国政府の茶政《ちゃせい》庁《ちょう》です。われらの動きを見張っているのは茶問屋組合の幹部連と茶政庁の役人ではございませんか。となると温老人の店にいた客の一人がその関係者で、偶然われらと行き合わせたのではございませんか」

「ということは最前応対してくれた痩西茶公司の支配人どのらの仲間が、われらを監視しているということではないか」

「ふと思い付いたことです、正しいかどうかはまだ分かりません」

「清国政府茶政庁の役人ならば、いささか厄介《やっかい》じゃな」

藤之助ら和人は上海の国際租界にいるかぎりにおいてお目こぼしになっている存在だ。内陸部での旅の許しを清国政府に受けているわけではない。

「推量にしか過ぎませぬ、しばらく慎重に様子を眺《なが》めましょうか」

劉源の言葉に藤之助は首肯した。

三

安政《あんせい》六年（一八五九）の夏のことだ。

炎天下の真昼間、土佐国《とさのくに》高知城下を一人の武士がせかせかと歩いていた。時折り、腰にぶら下げた手拭《てぬぐ》いで額《ひたい》を伝い流れる汗を拭い、

「暑か」

と呟きながら、真っ直ぐに前を見詰《みつ》めて歩《ほ》を休めようとはしなかった。

二度目の剣術修行の名目で江戸に出ていた坂本龍馬《さかもとりようま》は、前年の安政五年九月に高知に帰国していた。

龍馬が江戸を出立《しゆつたつ》した前後、元小浜《おばま》藩士の梅田雲浜《うめだうんぴん》が幕府に逮捕され、福井藩士の橋本左内《はしもとさない》も江戸藩邸にて取り調べを受けた。

安政の大獄《たいごく》の幕開けであった。

梅田雲浜は、幕政批判の廉《かど》で藩を追われた。浪人になった梅田は尊王攘夷《そんのうじようい》を訴え、大老井伊直弼《いいなおすけ》の排斥を企てたという罪で、安政六年獄中で病《やまい》のために死んだ。

橋本左内は一橋慶喜《ひとつばしよしのぶ》擁立《ようりつ》に動き、攘夷論に固執する孝明《こうめい》天皇を批判し、開国・異

国との交易の促進を主張した。反幕府論者ではなかったが、軽輩の身で将軍継嗣《けいし》の問題に関わったということで刑死させられた。

一方で開港は着々と進み、横浜、長崎、箱館《はこだて》の三港でイギリスなど列強五ヵ国にかぎり、自由交易が許された。

時代は大きく動いていた。

高知でも安政の大獄の影が忍び寄り、藩士たちは寄ると触ると、

「幕府を援《たす》けて動くが土佐者の生きる道じゃ」

とか、

「いいや、幕府の屋台骨は腐り切っておる。手直しが効かん。京の朝廷に願い、異国を討つべきじゃ」

とか姦《かしま》しく言い合っていた。

だが、江戸で異国の力を知った龍馬は、この島国の中でごちゃごちゃ言い合ってもどうにもならないことを直感していた。

海の向こうの国では巨大な帆船や蒸気船を造り、それに乗って江戸湾まで押し寄せる力があるのだ。

「異国とはどのような存在か、外国の暮らしとはどのようなものか」

龍馬の関心は異国にあった。

嘉永《かえい》七年(一八五四)に江戸から戻ったときから高知で異国を知る人物を捜《さが》していた。

城下蓮池町《はすいけまち》に河田小龍《かわだしょうりょう》という藩のお抱え絵師がいた。この老人、若い頃に長崎に遊学したことがあり、『漂巽紀畧《ひょうそんきりゃく》』という書物を上梓《じょうし》していた。

土佐の漁師万次郎《まんじろう》が出漁中に嵐に遭《あ》い、沖合に流され無人島に漂着、アメリカの捕鯨船に助けられてアメリカに行き、かの地で教育を受けた後、土佐に帰国した。

この異国暮らしの十年余を聞き書きした書物がそれだ。異国を直《じか》に知る人物ではなかったが、饅頭屋《まんじゅうや》の倅《せがれ》の近藤長次郎《こんどうちょうじろう》の口利きで会いに行った。だが、河田老人、龍馬の言動が気に入らなかったか、なかなか会おうとはしなかった。

何度も通ったが河田は龍馬を追い返す。

「くそっ」

しかし門前払いではいかんともし難い。

「うむ」

龍馬は頭上から差す陽射しの中で足を止めた。河田老人のところの下男が何度も通ってくる龍馬を気の毒がり、

「この蓮池町に蘭学者が住んでおられる。そこを訪ねてみらんか」

と勧めたことを思い出した。

龍馬は家に帰る足を止めて、蘭学者の家を探し始めた。

「それにしてもまどろっこしい」

と思った。

世の中は大きく動いている。だが、高知では佐幕だ、尊王攘夷だと言い合いばかりで、無益な時を過ごしていると落胆していた。と同時に、

「わしはわしや、わしの歩みで異国を知るぞ」

と己《おのれ》に言い聞かせてもいた。土佐では上士《じょうし》と郷士《ごうし》の差はいかんともし難い。郷士坂本家の次男ではどうにも力がない。

そんな折、龍馬の脳裏に一人の男が浮かび上がった。

嘉永六年（一八五三）には江戸の千葉定吉《ちばさだきち》の下で北辰《ほくしん》一刀流の剣術修行をなし、さらに安政三年（一八五六）には剣術修行の許可を藩から得て、再び江戸に出て、北辰一刀流長刀兵法目録を授けられた龍馬をあっさりと圧倒した男がいた。

信州伊那谷に千四百余石の領地を持つ交代寄合衆《こうたいよりあいしゅう》の座光寺藤之助という偉丈夫《いじょうぶ》だった。

藤之助は剣術で龍馬を圧倒したばかりか、常日頃から脇下に連発式の短筒を携帯し、その威力と腕前で龍馬の胆《きも》を冷やした。なにより思考が柔軟で、思ったことを即座に行動に移す能力を持っていた。

直参旗本ながら時の老中堀田正睦《ほったまさよし》に重用されたゆえに出来る芸当だった。

さらに藤之助は日本で最初に造られた洋式二檣《しょう》帆船ヘダ号を自在に操船し、外洋航海も経験した上、噂によれば唐人の抜け荷船と砲撃戦まで行ったことがあるという。

だが、藤之助の好き放題の行動は閉ざされた。閉ざされたはずだった。

堀田正睦は日米修好通商条約調印の勅許《ちょっきょ》を得るため、京に上った。そして、孝明天皇に願ったが攘夷論者の天皇に拒絶され、この失態で幕府外交の実権が大老井伊直弼に移ったのだ。

藤之助の庇護者《ひごしゃ》は表舞台から消え、当然藤之助も呆然となるところだった。

ところがどっこい、座光寺藤之助は長崎に走り、長崎会所と長崎の唐人らの資金を得て、上海に東方交易なる店をつくり、大型帆船を所有してすでに異国との交易に従事しているという、嘘《うそ》か真《まこと》か分からぬ風聞が長崎から伝わってきたではないか。

龍馬が土佐でくすぶっているときに、すでに龍馬のおぼろげな夢を実行している男がいるのだ。

(座光寺藤之助に会いたか)

　と龍馬は痛切に思った。

　そのとき、城下の辻で旅姿の武士が、

「龍馬、坂本龍馬ではなかか」

　と声を掛けてきた。

「磯崎和吉《いそざきわきち》様ではございませんか」

　上士の納戸方《なんどかた》だが剣術の先輩であり、龍馬を可愛《かわい》がってくれた人物だ。

「どこぞに参られますか」

「いや、長崎から戻ってきたところだ」

「三港開港後の長崎はどんな風にございますな」

「この二月に海軍伝習所も閉鎖され、幕臣の勝麟太郎《かつりんたろう》様方も江戸に戻られた。龍馬、知っておるか」

　と磯崎が声を張って尋ねた。

「勝様が艦長を務め、日本人が主になって操船する咸臨丸《かんりんまる》でパシフコ海を横断してアメリカを訪ねられるというぞ」

「おおお」

と龍馬は思わず叫んだ。

「咸臨丸単独航海にございますか」

「いや、アメリカの軍艦がいっしょに海を渡るそうな。だが、咸臨丸は勝艦長が指揮操船していくと聞いた」

「黒船を送り込んできたアメリカに、幕臣が行くのですか」

「そういうことだ」

「われ独り、取り残されておる」

と龍馬が呟いた。

「もう一つ、話がある。そなた、幕臣の座光寺藤之助という男と面識があるというたな」

「神田《かんだ》お玉《たま》ヶ池《いけ》の千葉《ちば》道場で会いましたゆえ承知です」

磯崎がにたりと笑った。

龍馬は藤之助と対戦して完膚《かんぷ》なきまでに敗北したことは土佐で話したことはない。そして、ヘダ号に佃島《つくだじま》沖から横浜まで同乗したことも龍馬の秘密だった。

あの折、藤之助にはなんとも眩《まぶ》しいばかりの美形、玲奈が付き添っていた。いや、付き添うというのではない。祖父が長崎町年寄の高島了悦《りょうえつ》にして、父は異人という玲奈は藤之助と同等に付き合い、互いが想いやっていた。

龍馬には想像だにできない男女の関わりだった。それに比べ、土佐は男尊女卑のお国柄、玲奈のような言動は許されまい。

「あの者、上海に東方交易なる店を持っておるそうな」

「噂に聞きました、真の話ですか」

「龍馬、真じゃ。東方交易の資金の出どころは長崎会所と長崎の唐人たちだそうな。その背後にイギリス国のジャーディン・マセソン商会なる、わが国では考えもつかぬ大店《おおだな》が控えておる」

「長崎会所に唐人だけでなく、イギリス国の大店もですか。座光寺藤之助はそこでなにをしておるのです」

「東方交易を実際に動かしておるのは座光寺と高島家の孫娘だ」

龍馬は一介《いっかい》の直参旗本（龍馬は未だ藤之助を直参旗本の身分にあると思っていた）が、平然として異国で大商いをすることに驚嘆した。

「この者が所有する帆船のレイナ一世号は全長二百何十尺もあり、何十門もの大砲を搭載した三檣の快速帆船じゃそうな。この帆船には随伴《ずいはん》帆船もあってな、すでに上海から異国へ交易の商い旅に出ておるというぞ」

ふうっ、と龍馬は息を吐《は》いた。

（あやつ、わしの何十年先を走っておるのか）

しばし沈黙して言葉が出ない風の龍馬に、

「龍馬、われらはわれらの生き方があろう」

「磯崎様、わしも長崎に行きとうございます、異国を船で訪ねとうございます」

「そのような話、幕府大事の吉田《よしだ》東洋《とうよう》様の耳に入ってもみよ、郷士の次男坊などたちまち虫けらの如《ごと》く潰《つぶ》されてしまうぞ」

「東洋様は上士の子弟しか眼をかけられません。わしなど眼中になかでしょう」

「龍馬、東洋様はあれで異国のことを気にかけておられる。近々長崎に人を送って異国のあれこれを勉学させるそうじゃ。そのためにそれがしの長崎行《ゆき》があった。この土佐でそなたができることをせよ」

磯崎が秘密を明かし、龍馬に言った。

（できることとはなにか）

磯崎との出会いのあと、龍馬は砲術家の徳弘孝蔵《とくひろこうぞう》の門を叩《たた》き、門下生になった。

肥前《ひぜん》長崎の西彼杵《にしそのぎ》半島の角力灘《すもうなだ》を一艘《そう》の船が走っていた。

夏空は天に抜けるほど蒼《あお》く、白い雲が浮かんでいた。

ドーニャ・マリア・薫子《かおるこ》・デ・ソトは角力灘を見下ろす屋敷の庭から船影を見ていた。薫子には見覚えがある船影であり、帆《ほ》だった。船体も帆もオランダ人の船大工《ふなだいく》の手になった高島家の所有船の高島丸《たかしままる》だ。三角の縦帆が風を孕《はら》み、ゆっくりと外海の浜《そとめ》に接近していた。

薫子は高島家の船が外海に立ち寄ることなどないゆえ、父の了悦になにかがあったかと案じ、神の加護を願って十字を切っていた。

だが、高島丸が接近すると、船尾に腰を下ろす人影は高島了悦だと気付いた。とするとレイナ一世号とストリーム号を駆《か》って南方の国々に交易に出た玲奈に異変が起きたか。

薫子は再度十字を切り、アーメンと声に出して娘の無事を願った。

高島丸が外海の浜に入ってきて、浜人たちが長崎町年寄らの来村に驚きながらも丁重に出迎えた。

高島了悦が一人で高台の薫子の屋敷を訪れた。

「年寄りには過酷な石段じゃ、もそっと楽な場所に家を建てられなかったか」

と挨拶《あいさつ》抜きで了悦が文句を言った。

にかあったか。

薫子はその語調で玲奈に不運が襲ったのではないことを察した。となると上海でな
薫子は茶の仕《し》度《たく》をして、風の吹き抜ける居間に父を案内した。そして、その時、了悦がドン・ミゲル・フェルナンデス・デ・ソトと暮らした家を訪ねたのは初めてのことだと気付いた。

冷たい茶を勧めながら薫子は尋ねた。

「父上、上海の騒ぎの報告でございますか」

「あの男が老陳の分派に捉《つか》まったことは承知じゃな」

「あの男とは玲奈の亭主どの、藤之助様のことですね。父上、その話、私が父上を訪ねて救助方を願った話ですよ」

「ああ、そうじゃった」

了悦がいささか恥ずかしげに話を訂正した。齢《とし》をとって了悦の記憶が段々《だんだん》と曖昧《あいまい》になっていくことを薫子は気にしていた。

「あの話じゃが藤之助どのは無事に上海に戻ってきたそうな」

「玲奈の亭主どのがいつまでも呉満全なる者の一味に囚《とら》われの身であるはずもございません」

薫子が自信たっぷりに言い切った。

「いかにも自力で逃げ出してきてな、藤之助どのを摑《つか》まえた呉満全一統を老陳と力を合わせ、始末したそうな」

「老陳が目の仇にしていた藤之助どのと手を組んだのですか」

「老陳も老いたのかのう。腹心の部下の一人呉満全に叛旗《はんき》を翻《ひるがえ》されたとは」

了悦が藤之助の拉致《らち》騒ぎの原因は徳川幕府の外交政策とも関わりがあること、井伊大老の意を受けた配下によって藤之助が拉致されたことなど、一部始終を娘の薫子に語って聞かせた。そして、

「その後のことじゃが、藤之助どのは長江を遡上する船旅に立ったそうじゃ。長崎にも立ち寄ったことがあるヘダ号に軍艦操練所の生徒だった若侍を乗せての船旅と、上海の東方交易に派遣した支配人が知らせてきおった」

「藤之助様のことなれば、なにも案じることはございますまい。それにしても井伊様は異国における藤之助様になにを願おうというのでしょうか」

「井伊様は強引に開港を進められた。周りに敵も多い。ために藤之助どのの力を借りたいのであろう」

「玲奈の亭主どのは用心棒ではございません」

「いかにもさようじゃ。ともあれそなたが心配してうちまで訪ねてきたゆえ動いてみたが、まあ、こんな結末であった」

了悦は、じつは薫子がすでに藤之助の消息を承知しているのではないかと思った。外海にいる薫子には上海のきりしたん仲間との連絡網があった。となれば了悦は使いを出せば済むことに、船に乗って角力灘の外海まで自ら足を運んできたのか。

「父上、本当の来訪の目的はなんでございますか」

「父が娘を訪ねるのに用事が要《い》るか」

「かつて異人と所帯を持ったとはいえ、娘は死ぬまで娘です。その娘を一度たりとも訪ねて来られたことがなかった。その父上がこうして姿を見せられたには理由がありましょう」

了悦は供された茶を喫して、冷たい茶も悪くない、と独り言を呟き、薫子の顔を正視した。

「玲奈はそなたの亭主を捜しておる。そのことを承知していたか」

と言った。

「いえ、存じませぬ。ですが、玲奈が南方の国に交易の旅に出たと知って以来、そのことを密かに案じておりました」

「バタビアの黄武尊大人が書状をイギリス船に託してわしに知らせてきおった。黄大人とストリーム号はバタビアにて交易に勤《いそ》しんでおるそうな。だが、玲奈は、レイナ一世号に乗ってマラッカなる地に戻った。そのマラッカにそなたの亭主がおるとの情報があってのことだそうな。わしは異郷に行ったことはないが、異人がおればたれぞがその居場所を承知であろう」

「玲奈はドン・ミゲルの血を引いた娘です。情報がなくとも必ずや見付けだすでしょう」

「そなた、不安はないのか」

「父が娘を訪ねるのに理由は要らぬと仰《おつしや》られたのは父上です」

「嫌味をいうでない。玲奈は勘《かん》よき女ゆえ、必ずやドン・ミゲルと会《お》うておると思う。間違いあるまい」

了悦の言葉に薫子は庭越しに見える海を見た。その何千海里も先で父と娘が語り合う風景を思い浮かべようとした。そして、

(その再会の場になぜ私はいないのか)

と考えた。

「ドン・ミゲルは長崎に戻ってこようか」

「さあてどうでしょうか」

「娘が願っておるのじゃぞ」

「玲奈は父がどこにいようとも訪ねられる足を、レイナ一世号という快速帆船《クリッパー》を持っております。ドン・ミゲルが長崎に戻らなくとも会えるのです」

「薫子、そなたはドン・ミゲルと会いたくはないのか」

「ドン・ミゲルと私の間を割《さ》かれたのはどなたにございますか」

薫子の険しい言葉に了悦の顔が歪《ゆが》んだ。

しばし沈黙した後、

「薫子、この十数年の時世の変化はそれまでの何百年にも匹敵《ひってき》しよう。長崎ばかりか横浜、箱館が開港し、これからも続々と三港に続いて開港していこう。異人たちの来訪も昔ほど難しいものではなくなっていこう」

「父上、勝手な言い分にございますな」

娘が父を責めた。

「薫子、言い訳はせぬ。この歳月と娘の存在が新たな変化をもたらしてくれる気がしてな、そのことをそなたに伝えにきた」

了悦が話は終わったとばかり椅子《いす》から立ち上がった。

「娘の家を訪ねて茶一杯でお帰りになりますか。玲奈が知ったら、怒りましょうな。夕餉を仕度します」

薫子の言葉に了悦が再び椅子に腰を下ろした。

四

藤之助と劉源は揚州の路地に入り込んでいた。自ら望んで入り込んだのだが、きっかけはあった。

痩西茶公司を出て、ぶらぶらと表通りの店仕舞《みせじま》いの光景を眺めながら古運河に止めたヘダ号へ戻ろうとしていた。

その瞬間、また監視の眼を感じた。

二人が進めばその眼も移動してきた。足を止めれば、眼も止まった。歩む速度を速めれば相手もまた速めた。そして、歩調を落とせばそれに合わせてきた。

角を曲がる折、何気なく背後を振り返ったが姿は窺えない。少なくとも眼は複数ではない、一人だと思った。なんとも巧妙な監視で尾行者だった。

「いささか癇《かん》に障《さわ》るな」

「罠《わな》を仕掛けてみますか」

「どうするな」

「路地は表通りと裏通りの間を等間隔に網の目になって設けられておりましょう。次の路地で藤之助様は右手に曲がり、私は左に折れます。さらにその次の路地にて互いにまた同じ右と左に曲がり、さらにもう一度互いが同じように折れるとただ今おる路地の後方に出ることになりますな。眼の背後につくことが出来ませぬか」

「やってみるか」

二人は路地の辻で二手に分かれ、それまで歩いてきた路地へと一丁ばかり後戻りすることにした。

藤之助は松葉杖の劉源の歩みに合わせるように歩を進めた。

路地にはいろいろな暮らしと人間模様が見えた。どこからも夕餉の仕度の物音やすでに食しているらしい匂《にお》いが漂ってきた。子供の声、犬、猫の鳴き声、時に鶏の羽ばたきまで聞こえてきた。さらに竹笛か、嫋々《じょうじょう》と調べが流れてきた。

藤之助の領地山吹《やまぶき》陣屋では考えられない暮らしだった。いや、藤之助が知る江戸とも長崎とも違った。ならば上海に似ているかといえば、整備された町造りはそれとも違っていた。

上海は大きく二つの貌《かお》があった。イギリスなど列強が支配する異郷の国際社会と唐人たちが暮らす県城《けんじょう》内の混沌《こんとん》雑然とした町の、二つがあった。

揚州にもむろん身分の差によって住まいは大小があった。

痩西茶公司の主のような分限者《ぶんげんしゃ》の屋敷は奥に深く造られ、見事な庭園があった。

藤之助と劉源は、この日の揚州見物で何軒かの豪商の屋敷と庭を見物していた。

長江の水を自邸の庭に引き込んで疏水《そすい》を造り、池には小舟を浮かべて遊べるようになっていた。

一方、路地に住む庶民もまたそれなりに整った暮らしをしていて、清潔にして豊かな感じがした。

揚州は何百年の昔から長江と大運河の交わる要衝として豊かな暮らしを続けてきたのだ。

藤之助はそんな感慨を覚えたが再び背後に注意を払った。だが、監視の眼も尾行者の気配もなかった。ということは劉源を尾行しているのか。

三度目、路地を曲がった。

これまでの路地より広く一間ほどの幅があった。うす暗い路地で、

ぽうっ

と灯《あか》りが灯《とも》っていた。阿片を吸飲している臭《にお》いではない、夕餉を終えた年寄りが煙草《たばこ》を喫《す》っている香りだ。

年寄りが煙管《キセル》を口から外して藤之助に挨拶した。

藤之助もパナマ帽をちょっと持ち上げて会釈をすると通り抜けた。前方に先ほどまで歩いていた路地が見えた。

劉源の姿はない。なにか劉源の身に起こったか。

藤之助が足を速めると、突然石畳《いしだたみ》にこつこつと松葉杖の音が響いて、劉源が現われた。

路地で再会した二人はそれまで歩いていた路地の左右を見た。だが、どこにも人の気配はなかった。

「勘違いかのう」

「いえ、二人して間違いを起こすことはございますまい」

「まあ、少なくとも直ぐにわれらをどうこうしようというのではあるまい。ヘダ号に戻ろうか」

二人は再び古運河に向かって進み始めた。すると再び一定の距離をおいて人が尾行してくる気配があった。

「ふっふっふ、こやつ、われらを小馬鹿にしておるわ」

「いささか腹立ちを感じますな」

「というて手の打ちようがないではないか」

「われらを苛《いら》つかせるのが狙いかもしれませんな」

劉源が後ろを振り返った。藤之助も真似た。だが、路地には薄闇があるばかりで人影はなかった。

藤之助はふと不安を覚えた。

「後見、急ぎヘダ号に戻らぬか」

「うん、われらをヘダ号から引き離す役目をあやつは務めたと申されますか」

「そんな気がした」

二人は路地から表通りに出ると古運河に向かって急いだ。

四半刻も前のことだ。

古運河に舫われたヘダ号ではリンリンと李頓子が本日市場で購《あがな》ってきた肉、川エビ、野菜を使って夕餉の仕度をしていた。本日の助っ人の火の番は時松が務めていた。

「時松さん、揚州は気に入ったな」

「李頓子、改めてこの国の広大さと歴史に驚かされたぞ」

「なんがいちばん驚いたな、やっぱりくさ、痩西湖やろ」

「むろん川の流れのような痩西湖にも感心した。だがな、そうではないのだ」

「ははあん、揚州の町並みやろ」

「違う」

「大明寺か」

「そうではない。大運河の威容に驚かされた。千二百年以上も前に北京から杭州《こうしゅう》まで和国の里程で四百五十里、人が造ったとは到底思えぬ」

と時松が答えたとき、増島一太郎《ますじまいちたろう》が炊《かし》き場《ば》に顔を見せて、

「ここは火を使うておるで暑いな」

と言った。一太郎も今日揚州見物に行った組だ。

「一太郎、心頭滅却《しんとうめっきゃく》すれば火もまた涼しじゃぞ。皆に美味《おい》しい夕餉を食べてもらおうと思うと、火もなかなかのものかな」

と殊勝にも答えた時松だが、顔は汗みどろだ。

「まだコマンダンテと後見は戻られぬか」

「そろそろお帰りになってもよいころじゃがな」

と答えた一太郎が炊き場に腰を下ろした。

「時松、わしも大運河には驚いた。わが国で大河という川など足元にも及ばぬ。なにより黄河《こうが》、長江、淮河《わいが》と大河がすべて西から東に流れておることを案内人の説明で教えられたが、この三つの自然の流れを南北に通ずる大運河でむすぼうなどという考えが凄《すご》いな。唐人、恐るべしじゃ」

「わが国では政《まつりごと》を行う者は治水を心がけよという。治水とは水を氾濫《はんらん》させぬようにということであろう。だが、この国では水を利用して舟運に役立てておる。それもじゃ、ヘダ号よりも何倍も大きなジャンク船が大荷物を運んでいく。河を利用し尽くしておる」

と時松が答えたとき、初蔵《はつぞう》が、

「李頓子、ちょいと手伝うてくれ」

と顔を見せた。

「なんだ、初蔵」

「時松さん、なんだか風体の怪しげな連中がヘダ号に乗り込もうとして助太郎さんらと押し問答をしているのだ。だが、相手の言葉がわれらではさっぱりと分らぬ」

と初蔵が言った。

「よかよか」

と李頓子がまるで通詞《つうじ》のような受け答えで炊き場から上層甲板《かんぱん》に向った。

初蔵もいっしょだ。すると確かに古運河の岸壁からヘダ号に差し渡された船板の上で助太郎らと黒い長衣を着た六、七人が睨《にら》み合っていた。その中の一人は革で編《あ》んだ鞭《むち》のようなものを持参し、他の連中は棍棒《こんぼう》を携帯していた。

「あいや」

その様子を見た李頓子が困った顔で洩らした。

「どうした、李頓子」

「ありゃ、揚州の捕吏《ほり》たい」

「町役人か」

「ありゃ、難癖《なんくせ》つけて金を強請《ゆす》る連中ばい。ヘダ号を調べてもおかしな積み荷はなか、ばってん三挺鉄砲も大砲もあるもんね、どげん言いがかりをつけられるか知らんたい。どげんしようかね」

「主《あるじ》が不在ゆえ、明日にも出直せと通詞してくれぬか、李」

佐々木万之助が李少年を見つけて言った。

「分かった、言うてみるばってん聞くやろか」

「李頓子、不安な顔で応対すると相手に舐《な》められるぞ」

「舐められるち、なんね」

「軽くみられるということだ」

よし、と自らを鼓舞するように言った李頓子が船板に下りていき、黒い長衣の一団に話しかけた。ようやく通じる相手が出てきたかと、李を見た鞭を持った男が、なんだ、小僧ではないかという顔をして大声でいきなり怒鳴《どな》りつけた。

李頓子が応じたが声が最前より小さくなっていた。

「この船に抜け荷が積んであるち、だれかが捕吏に知らせたげな。どうしても調べるというております」

「李頓子、もはや金を渡してもだめかな」

「足元見られたたい、どげんしよう」

李少年が困った顔をしたとき、鞭の男が船板の上で田神助太郎と睨み合いながら、怒声を発し、鞭を虚空に振るった。すると輪っかにされていた鞭が虚空に伸びて、びしり、と乾いた音を立てた。

「どうしても立ち入りをさせんならたい、もっと仲間ば連れてくると息巻いとるばい」

「コマンダンテと後見の許しなくヘダ号には立ち入りはさせぬ」

田神助太郎が一歩も引かぬ体《てい》を見せた。助太郎も万之助も素手だった。抵抗はしないと見て、黒い長衣の男たちは居丈高《いたけだか》になっていた。

不意に鞭の男が仲間になにかを命じ、船板から下がらせた。自らも船板から岸壁に下りた男の鞭が再びしなり、船板に立つ田神助太郎の体に向かって鞭先が伸びていった。

びしり
と鈍《にぶ》い音がして鞭が助太郎の体に巻きついた。

助太郎の体に激痛が走ったが、悲鳴は上げなかった。

鞭の男が手もとに手繰《たぐ》り寄せようとした。

その時、ヘダ号の操舵場からリンリンの声がした。そこにはリンリンと時松がシャープス騎兵銃を構えて鞭の男に狙いをつけていた。

鞭の男とリンリンの間に緊迫した問答が交わされた。だが、リンリンは一歩も引く様子はない。

鞭の男が片手で鞭を操りながら、長衣の下から英国製のオールド・モデル・アーミー拳銃《けんじゅう》を出して助太郎に狙いをつけ、リンリンに向かってまた叫んだ。

もはやどちらも譲れないところに来ていた。

その時、古運河に落ち付いた声が響いた。

「ああ、戻ってきたばい。コマンダンテと後見が帰ってきたたい」

李少年の声に安堵《あんど》があった。

劉源が鞭の男に歩み寄って、何事か告げた。だが、松葉杖の劉源を甘くみたか、険しい顔を向けただけだった。

藤之助は劉源の傍らに寄りながら、パナマ帽を脱ぐと鞭の男に一礼した。すると鞭の男が配下の者たちに命じた。棍棒や六尺棒を構えて二人に迫ってきた。

藤之助の手からパナマ帽が投げられ、くるくると回ったパナマ帽の縁が鞭の男の眼に当たった。

あっ
と不意打ちに驚いた鞭の男がよろけ、そのために田神助太郎を縛《いまし》めていた鞭がわずかに緩《ゆる》んだ。助太郎が鞭を解《ほど》くと、
くいっ
と引っ張った。すると鞭の男がよろめいて古運河に落下していった。

捕吏の仲間たちが棍棒や六尺棒で藤之助に打ちかかった。

藤之助の体がひょいと左手に大きく飛んで捕吏の構えた六尺棒を摑《つか》むと捻《ひね》った。両手で棒を摑んでいた捕吏の体が虚空に舞い、どさりと岸辺の地面に叩き付けられた。

残りの仲間が一斉《いっせい》に藤之助と劉源に打ちかかってきた。だが、藤之助の手には六尺棒があり、劉源には武器ともなる松葉杖があった。

その場を動くことなく藤之助の手の六尺棒が突き出され、払われ、打たれたのは数瞬だった。

捕吏たちは船着き場に転がり、劉源が何事か告げると慌《あわ》てて逃げ出した。

「助太郎、大丈夫か」

「藤之助様、つい油断しました。それにしてもこの鞭、なかなかのものです。全身が一瞬にして痺《しび》れました」

と答えた助太郎の手に鞭が残っていた。

「鞭の持主が運河で溺《おぼ》れかけておるわ、助けてやれ」

と命じると助太郎が鞭の柄元を握り、先端を水面《みなも》に垂らした。

「ほれ、摑まれ」

との助太郎の言葉に必死に鞭の男が鞭先を摑んだ。ヘダ号から縄梯子《なわばしご》が下ろされて助太郎が鞭をそちらに誘導していき、鞭の男が縄梯子に取りついた。

藤之助は水面にパナマ帽を捜したが、大運河へと流れていったか見えなかった。

「惜しい買い物でしたな」

劉源が言い、背後の町を振り見た。また監視の眼が戻っていた。

「また明日購おう」

と藤之助が答えて、

「こやつらと闇の眼は同じ仲間ではあるまいな」

「さあて」

と応じた劉源が首をひねった。

船板を渡って上層甲板に藤之助と劉源が上がると、鞭の男が縄梯子を上り、甲板に転がり込んできたところだった。

劉源がげほげほとむせながら古運河の汚水を吐き出した鞭の男に尋問を始めた。最初、男は左右に首を振ってなにか抵抗していたが、激しい劉源の叱声《しっせい》に驚きの顔で劉源と藤之助を見て、がっくりと肩を落とした。

四半刻ばかり尋問が続き、劉源が藤之助に、

「やはり大した相手ではなさそうです。解き放ってよいですか」

と許しを乞《こ》うた。監視の眼とは違うと言外に劉源は語っていた。

「劉源の判断に間違いがあるとは思えぬ」

と答えた藤之助が、

「水浴び代じゃ」

とメキシコ・ドル銀貨を何枚か鞭の男に手渡した。

男は劉源の顔を窺っていたが、劉源が頷くと藤之助の手の金をとり、早々に船板を渡って揚州の町へと消えた。

「あやつら、捕吏とは名ばかり、町の金持ちやら親方衆になにがしかの銭で働かされる連中です。ヘダ号を調べよと命じたのは茶問屋組合の書記方《しょきかた》の安章奇《あんしょうき》という者にございますそうな」

「茶問屋組合の書記方じゃと。瘦西茶公司も当然茶問屋組合の一員であろう」

「おそらく本日、われらが瘦西茶公司を訪ねたことなどなにも知りますまい。一存であのような捕吏を動かしたと思えますが、なんの狙いでかような悪戯《わるさ》をなしたか、いささか気にかかりますな」

藤之助が頷いた。上層甲板では夕餉の仕度が再開され、舳先《へさき》側では田神助太郎が、鞭を手にして振り回していた。

「あやつ、短筒に鞭までなくしていささか気の毒じゃな」

「自業自得です」

と応じた助太郎が、

「あやつら、われらの正体を知らなかったのでしょうか」

と劉源に聞いた。

「私が黒蛇頭の老陳と関わりの者だと名乗ると、驚きの顔をしていましたでな、まずわれらの正体など知りますまい。それより鞭で叩かれて腫《は》れてはいませんか」

劉源の問いかけに助太郎がランタンの下で長衣も肌脱ぎになって調べていたが、

「後見、みみず腫れになっております。一、二、三日ひりひりしましょうが、大丈夫です」

「明日、薬種屋で軟膏《なんこう》を買い求めて塗りましょう、今晩ひと晩我慢しなされ」

と劉源が言ったとき、

「ご飯ばい、みんな集まらんね」

と李頓子の夕餉を告げる言葉がヘダ号に響きわたった。

第三章　バタビアの雨

一

ジャワ島に雨が降っていた。海も森も町も港も雨に霞《かす》んでいた。この地方は熱帯モンスーン気候にあり高温多湿であったために、

「雨の都」

と呼ばれたこともあった。

すでに乾期に入っていたがレイナ一世号の帆《ほ》はじっとりと雨に打たれ、それでも西から吹きつける微風に後押しされてバタビアへと少しずつ接近していた。

レイナ一世号の甲板《かんぱん》に雨合羽《あまがっぱ》を着た男女が並んで近付く港町を眺《なが》めていた。その足元にはジャーマン・シェパードのドン・ファアンが控えていた。犬の体はしっぽりと濡

れていた。だが、船旅で雨が毎日のように降り続くことをドン・ファンは承知していて驚きもしなかった。

レイナ一世号はマラッカからバタビアを目指していた。

このバタビア、古《いにしえ》から中国の朝貢《ちょうこう》交易や私交易、さらには抜け荷の根拠地、または中継交易地として栄えてきた。

十六世紀末にポルトガルの香辛料独占に対抗してオランダがこの地に進出した。一六一九年には、オランダ東インド会社のヤン・ピーテルスゾーン・クーン総督《そうとく》がチリウン川河口に港と要塞《ようさい》を建設し、先住民のバタウィ人にちなんでバタビアと改称した。さらにクーン総督は蛇行するチリウン川を真っ直ぐに開削《かいさく》し、城壁を拡大整備するとともに本国の様式に似せた町造りを行い、運河を兼ねた掘割《ほりわり》を張り巡らし、石造り、煉瓦《れんが》造りの町並みを建設した。ために一時は、

「東洋の真珠」

とその美しい町並みがこの地を訪れるヨーロッパ人に讃《たた》えられた。

だが、城壁に囲まれた家並みはこの地の気候と必ずしもあってはいなかった。城壁内は風通しが悪く、掘割の水はよどみ、蚊の発生源になり、風通しの悪さと水質の悪化は住人の死亡率の増加を招いた。ために「東洋の真珠」は一転、

「東洋の墓場」

と呼ばれるようになった。

それでもオランダ東インド植民地からジャワ人、アンボン人、スンダ人などが集まってきて、バタビア人と呼ばれる民族集団を形成し、バタビアはいつの時代も交易港、中継基地として栄えてきた。

だが、ヨーロッパの政治状況がバタビアに影響を及ぼした。

フランス革命の余波でオランダ連邦共和国が滅《ほろ》んだために、バタビア共和国が新たに誕生したのだ。

一八〇七年、東インド総督として赴任してきたヘルマン・ウィレム・ダーンデルスは、病気が多発するチリウン川河口の城壁地から南の標高の高いウェルトフレーデン地区に官庁の建物を移し、行政の中心地区とした。

一八一一年には、イギリスがバタビアを占領し、イギリス東インド会社の副総督が統治するようになった。そして、威勢を誇ったオランダ東インド会社は十八世紀の末に解散した。それでも一八一七年に、バタビアになおも影響力を持つオランダ王国に返還され、なんとかオランダ東インド貿易の拠点として体面を保ってきた。

レイナ一世号に、

「縮帆《しゆくはん》」

と声が掛かり、操舵場《そうだば》から滝口治平《たきぐちじへい》船長の声がかかった。一斉《いつせい》に帆柱《ほばしら》へと縄梯子《なわばしご》を頼りに登った総員百数十人の水夫《かこ》たちが力を合わせ、大きく揺れる帆桁《ほげた》上で重く湿った帆の巻き上げ作業が始まった。

操舵場には副船長の内藤東三郎《ないとうとうざぶろう》、篠原秦三郎《しのはらしんざぶろう》らの姿があった。

「なかなかの手並みじゃな。これだけの帆船《はんせん》を操船するのは容易なことではない。この東方交易《とうほうこうえき》を主導するサムライ・トウノスケこと座光寺《ざこうじ》藤之助《とうのすけ》は、よほど海と船に慣れた人物であろう」

「父上《パードレ》、藤之助は信州の伊那谷《いなだに》育ち、天竜川《てんりゆうがわ》で水には親しんできたけど、海を知ったのは江戸に出てきてからのことよ。帆船に乗ってわずか数年でこの交易船団を率いる人物になったの」

高島玲奈《たかしまれいな》が父親のドン・ミゲル・フェルナンデス・デ・ソトに誇《ほこ》らしげに応じていた。そして、黒蛇頭《くろじやとう》の老陳《ろうちん》の腹心の部下、呉満全《ごまんぜん》一味に囚《とら》われの身にあるという藤之助の無事を祈った。

(藤之助が老陳を裏切った手下などにいつまでも囚われたままでいるわけがない)

そう信じていた。だが、一方で藤之助が未《いま》だ救出されていないとしたらと不安になった。玲奈は藤之助のいないこの世など想像することが出来なかった。

バタビアに行けば、必ず藤之助の新しい情報が届いている。それは、吉か凶か。

玲奈はドン・ミゲルの前では不安を隠していた。

ドン・ミゲルは玲奈の誘いに乗って重い腰を上げ、バタビアまでレイナ一世号に同乗することを決めた。むろんドン・ミゲルは一時的であれ、娘と別れることを考えると夜も眠れないほど悩み、悲しんだ。そのことを承知の玲奈とドン・ミゲルの医療活動の補佐を務めるスージー・リウがバタビアまで同行することを熱心に勧めた。

ドン・ミゲルとて一日も長く玲奈の傍《かたわ》らにいたいと熱望していた。だが、バタビアに行けば、苦い思い出と向き合うことになる。それでも二人の女性の勧めに従い、レイナ一世号に同乗したのは、上海《シャンハイ》にいるサムライ・トウノスケが黒蛇頭を分派した一味の手に落ちたという知らせがあったからだった。玲奈はそのことを顔に出さないようにしていたが、ドン・ミゲルは娘の抱えている不安を察していたのだ。

父親は娘を思い、娘も父親の身を案じた結果、ドン・ミゲルが何年ぶりか、マラッカ近くのモレック・アイランドの診療所を離れることになったのだ。それはドン・ミゲルがいなくとも彼が育てた若い医師たちがドン・ミゲルの不在を補ってくれる体制ができていることを意味した。

レイナ一世号はバタビアの城壁が見えるところまで接近していた。

城壁上に掲げられたオランダ国旗も雨に濡れて垂れていた。

「玲奈様、ストリーム号が見えますぞ」

望遠鏡で確かめていた内藤東三郎が玲奈に叫《さけ》んだ。

「父上、大丈夫よね、吉報が上海から届いているわよね」

「ふっふっふっふ」

とドン・ミゲルが微笑《ほほえ》んだ。

「そなたがさように案じるサムライ・トウノスケに嫉妬《しっと》を感じるぞ」

「父上と藤之助とでは違うわ」

「私の勘《かん》ではな、もはやトウノスケは次なる行動に移っていよう」

「次なる行動ってなんなの。呉満全一味から逃げ出したということ」

「そのような些細《ささい》なことは、私は知らぬ。そなたの話が真《まこと》なれば、サムライ・トウノスケは黒蛇頭など眼中にあるまい。いつまでも漫然と囚われの身にあるものか」

父の言葉を何度も吟味《ぎんみ》した玲奈が自らに言い聞かせるように首肯《しゅこう》した。

その時、足元に控えていたドン・フアンが停泊するストリーム号を見付けたか、悦《よろこ》

び の吠《ほ》え声《ごえ》を上げた。

ストリーム号でもレイナ一世号の姿を認めて、上層甲板《じょうそうかんぱん》の上で空に向かってライフル銃が撃たれ、それまで人影のなかった甲板に黄武尊大人《こうぶそんたいじん》や航海方《こうかいかた》の高小魯《こうしょうろ》ら懐《なつ》かしい姿が現れた。

レイナ一世号はストリーム号の左舷《さげん》側にゆっくりと停船し、碇《いかり》が投げ入れられた。

東方交易の両船が久しぶりに再会したのだ。両船の甲板に乗り組みの総員が出てきて、お互いの再会を口々に喜び合った。中には銅鑼《どら》を叩《たた》き、鉦《かね》を鳴らしている者もいた。

ストリーム号から伝馬船《てんません》が下ろされ、黄武尊ら幹部が乗り組んでレイナ一世号に向かってくる気配があった。

「父上、東方交易の随伴《ずいはん》帆船よ」

「レイナ一世号ほど大きくはないが船足が速そうな帆船だな」

「私たちが手に入れる前は、沖合に泊まった母船と港を往復して阿片《あへん》などを運んでいたのよ。ために船足が速く、操舵性能がいいように造船がなされているわ。その分、積み荷は積めないけどね」

「すべて万物には長所もあれば欠点もあるものだ」

「船室に戻って黄大人を迎える仕度《したく》をしなければ」

「必ずや黄大人がトウノスケの吉報を持ってこよう」

とドン・ミゲルが言い切った。

ドン・ミゲルが長崎の阿蘭陀《オランダ》商館で医務官として勤務していた時代、ドン・ミゲルと黄武尊は顔見知りだったのだ。

玲奈といっしょにドン・ファンも船室に戻り、雨に濡れた合羽を脱ぐと玲奈はドン・ファンの体をバス・タオルで拭《ぬぐ》ってやった。

玲奈が身嗜《みだしな》みを整え終えたとき、東方交易の最高顧問の黄武尊大人が玲奈の船室に姿を見せ、ドン・ミゲルと、男二人、固く抱き合った。

「娘が世話になっておるようだ、礼を申す」

と唐人語でドン・ミゲルが言い、

「ドン・ミゲル、世話をかけているのはこの年寄りのほうですぞ」

と鷹揚《おうよう》に笑って再会の喜びを述べ合い、黄大人が玲奈に視線を向けた。

「玲奈様、父上ソト様と再会を果たされ、おめでとうございます」

と黄大人がまず祝意を述べた。

「ありがとう、黄大人の勧めに従い、マラッカまでレイナ一世号を走らせた甲斐《かい》があったわ。父はマラッカ近くのモレック・アイランドで土地の人々を治療する診療所を開設していたの」

「玲奈様の幸せそうな顔を見るのは老人のこの上ない悦びにございますよ」

「どうもありがとう」

「おや、玲奈様の顔色が今ひとつ冴《さ》えませぬな。なんぞ他に懸念がございますかな」

「ペナン島の沖でプラナカン暗黒同盟の頭目《とうもく》、白冬貞《はくとうてい》に会ったとき、上海の老陳からの書状を渡されたの。その中に藤之助が呉満全一派に囚われの身にあることが記されてあったわ。黄大人、なにかこちらに情報はないの」

「おや、そのようなことが上海で起こっておりましたか」

「えっ、バタビアではなにも知らないの」

「バタビアにおりますと、あれこれ多忙にございましてな、上海のことなどつい忘れてしまいます」

と言いながら、黄大人が玲奈の憂《うれ》いに満ちた顔を見て、懐《ふところ》から油紙に包まれた書状の束のようなものを出して、玲奈の手に載《の》せてくれた。

「なんぞ心配事があるなれば当人からの直筆の手紙を読むのがいちばんの薬にございましょうな」

「これ、藤之助からの手紙なの」

「いかにもさようです」

と黄大人がとぼけた顔で返答した。

玲奈が黄大人の顔と手渡された油紙へと視線を移し、

「藤之助は元気なの、大人」

「お元気の様子にて、ただ今かの小型帆船ヘダ号を駆《か》って長江遡上《ちょうこうそじょう》をなされておられるそうな」

「大人、どういうこと。藤之助は老陳を裏切った呉満全一味に囚われていたのではないの」

「どうもそうらしゅうございますな」

「大人、話が通じないわ」

「玲奈様、東方交易の母船と随伴船が異郷の地で再会したのでございますよ、この老人とドン・ミゲル様に祝いの酒の一杯もお勧めになられませんので」

「あら、ご免《めん》なさい、大人」

と言った玲奈がペナン島のイギリス東インド会社の最高責任者から贈られたスコッチのシングル・モルトをグラスに注ぎ、二人に渡した。

「なにやら心が感じられない接待にございますな」

「黄大人、藤之助の話をしてくれなければ、ストリーム号に戻ってもらうわ」

「ですから、手紙を読みなされと言いましたぞ」

「手紙はゆっくりと読むわ。それより一言、藤之助は無事と言って」

「ならば答えましょうかな。無事ゆえヘダ号を駆り、長江遡上を試みておられるのでございましょうな」

玲奈が瞑目《めいもく》すると胸に藤之助からの手紙を抱き締めて、胸底で神に感謝した。

「玲奈様、サムライ・トウノスケがそう易々《やすやす》と老陣を裏切った部下などに囚われのままにおるものですか」

と前置きした黄大人が上海からバタビアに届いた情報を掻《か》い摘《つま》んで玲奈に話して聞かせた。傍らでドン・ミゲルがそらみよという顔で娘を見ていた。

「よかった」

玲奈がしみじみと言った。そして、

「藤之助ったら、この私を心配させて」

と呟《つぶや》いた。

「玲奈様、マラッカの交易はいかがにございましたな」

「ああ、忘れていたわ」

玲奈が慌《あわ》てて、マラッカからペナン島への航海を報告した。

「ペナン島まで足を延ばされましたか。今後のために大いに役立つことでしょうな。ご苦労にございました」

「黄大人、今宵《こよい》はレイナ一世号にストリーム号の皆さんを呼んで再会を祝して宴《うたげ》を開きましょうか」

「それは大いに歓迎致しますぞ」

玲奈が古舘光忠《ふるたちみつただ》を呼ぶと、まず藤之助の無事と長江遡上の途次《とじ》にあることを告げた。

レイナ一世号には座光寺家家臣が何人か乗り組んでおり、だれもが主《あるじ》の奇禍《きか》を案じていると思って、玲奈は告げたのだ。

「ヘダ号で長江を遡上しておられますか。なぜヘダ号が上海におるのか、ヘダ号にはだれが乗り組んでおるのでございましょうか」

だが、座光寺家の家臣でレイナ一世号の警護隊隊長の光忠は、藤之助の無事は当然のことだと思っていたのか、全く触れなかった。それより長江遡上のヘダ号と乗り組みの者たちのことを気にかけた。黄大人が、

「古舘さん、どうやら大老の井伊《いい》直弼《なおすけ》様が座光寺藤之助様の力を借りたくて、用人かなんぞを上海に派遣してきたのですよ。その折、横浜からヘダ号の船長は雇《やと》われの異人が務めましたがな、ヘダ号をよく知る講武所《こうぶしょ》軍艦操練所生の佐々木《ささき》万之助《まんのすけ》様方十八人が大老の用人の命《めい》により、上海までやってきたのですよ」

「なんと佐々木万之助さん方がヘダ号といっしょにな」

光忠はさもあらんという顔をした。

「玲奈様、古舘さんや、話を戻しますとな、呉満全はこのヘダ号と佐々木万之助様方に眼をつけ、まず黄浦江《ホワンプーチャン》からヘダ号ごと連れ去ったのです。その救出作戦に藤之助様が陣頭指揮なされたようで、ヘダ号と万之助様方の身代わりに藤之助様が囚われたというわけですよ」

「それなら藤之助が呉満全一味に囚われた事情が分かったわ」

玲奈はようやく得心したかのように言った。

黄武尊が、老陳を裏切った呉満全一味は、老陳の黒蛇頭と東方交易の留守部隊が手を組み、そこへ囚われの身から脱出してきた藤之助も加わり、壊滅させたことを話して聞かせた。

「なんと老陳と東方交易が手を組んだの」

「激しく揺れ動く時代にはよく起こる合従連衡《がっしょうれんこう》にございますよ。あるいは老陳の老いが思いの外、早いのかもしれませんな」

と黄大人が言った。

「上海事情はおいおい話すとして、一つだけこの場で申しておきましょう」

「あら、なに」

「玲奈嬢様、佐々木万之助様方十八人を藤之助様は東方交易に引き取られた。その代《だい》償《しょう》に井伊直弼様の頼みを聞くことになったようです」

「藤之助ったら万之助さん方の頼みを断れなかったのね、あの若武者たちに夢を持たせたのは藤之助だものね、致し方ないわ。でも、そうなると藤之助は江戸に戻るということかしら」

「その辺が私への手紙には触れてございません。東方交易にとって、藤之助様は大事な体にございます。私も老陳と同じではございませんが、老いの身でございますよ。次なる異国交易は藤之助様が当然自ら指揮をとられると思うておりました。まあ、それまで一年余は余裕がございますが」

「黄大人、そのことは上海に戻って話し合いましょう」

「バタビアの交易品集めはほぼ終わってございます。ストリーム号に積み込めない品をレイナ一世号に積み込めば、此度《こたび》の交易航海は終わります」」

「雨ばかり降っているようだけど、荷積みは大丈夫かしら」

「バタビアで雨を気にしていたら、一年のうち七割は荷積みが中断します。レイナ一世号に積み込めば、此度《こたび》の交易航海は終わります世号に積み込むのに五、六日は掛かりましょうな」

「黄大人、ご苦労様でした。礼を述べるのが遅くなったわ」

玲奈が黄武尊を労《ねぎら》い、光忠に視線を向け直した。

「夕餉《ゆうげ》はレイナ一世号にストリーム号の面々を呼んでいっしょに宴を催《もよお》すわ。その仕度をするように炊《かし》き方《かた》に伝えて」

「承知しました」

と出ていこうとする光忠が足を止め、ドン・ミゲルに向かい、

「幼い頃、別れた玲奈様にお会いになったお気持ちはどうでございましたな」

と拙《つたな》いながらしっかりとした口調の英語で尋《たず》ねた。

「ミツタダ、驚きの一語でな、しばらくなにが起こっているのか分からなかった。玲奈に娘だと名乗られても現実を受け入れることが出来なかったほどの衝撃であった」

と正直な気持ちを吐露した。

さらに、

「ドン・ミゲル、あなたは幸運な父親です。レディー・レイナの父親なのですから。さらにサムライ・トウノスケ様に会えばきっと得心なされます」

と光忠が言い切った。

「驚かされるのは私のほうね。いつの間にか、光忠ったら英語を立派に話されるわ」

ドン・ミゲルと光忠が改めて握手し合い、

「異国交易には言葉は欠かせませぬ。それがし、少しずつですが異国の言葉を学んでいます」

と言い残すと玲奈の船室を出ていった。

二

翌日、バタビアは珍しく朝から晴れた。

そこでまずレイナ一世号の積み荷が黄武尊大人らストリーム号とともにこの地に残った面々に披露された。

最下層船倉にはペナン島やマラッカで買い込まれた新鮮な食料、飲料、十二ポンド、二十四ポンド、三十二ポンドの砲弾やカロネード砲の六十八ポンドの砲弾が積み込まれてあった。むろんこれはレイナ一世号が砲撃戦で使うものではなく、売買される各種カノン砲、カロネード砲に付随した交易品だ。

船倉の上の最下層甲板《かんぱん》には各種の大砲の砲身がずらりと並んでいた。また砲身の並んだ各所にはヨーロッパからペナン島に持ち込まれていた、樽《たる》入りの葡萄酒《ぶどうしゅ》が三段に積まれ、少々の船の揺れでは荷崩れしないように船大工の上田寅吉《うえだとらきち》と配下の大工たちががっちりと固定していた。さらにイギリス製造のエンフィールド銃など数種のライフル銃が箱詰めされてあった。この木箱の中には銃と同数の銃剣が入っていた。

その上で均衡を保つように各種の砲弾と葡萄酢《す》、乳製品、オリーヴ油、塩漬け肉、乾燥した豆類が整然と籠《かご》や箱入りで積載されていた。

「玲奈様、売り物の大砲は何門ございますな」

「百七十門購入しました。いずれも最新のもので未使用です。砲架《ほうか》は各砲の見本に一台ずつ載せてあるだけで、詳細な砲架の設計図をつけて売ります、日本人の大工ならばさらに堅牢な砲架を拵《こしら》えてくれるでしょう。ゆえにその分最下層甲板にあれこれと隙間《すきま》なく積み込めました。これらの各種の砲は日本に運び込むものです」

玲奈と藤之助の頭には清国の置かれた現況があった。清国も徳川幕府が支配してきた日本も「鎖国策」を長年とってきたがゆえに列強に立ち遅れた国だった。ために清国は上海など沿岸諸都市の一部を列強各国に開放せねばならなかった。

玲奈と藤之助は開港したばかりの日本国が列強各国の属国に陥《おちい》らないために最低限度の防備を固める必要があると考え、大砲、砲弾を購入したのだ。

「その方が断然値よく売れましょう、なんとも見事な品揃《しなぞろ》えです」

黄大人が大きく頷《うなず》いた。

「イギリス東インド会社が私どもによく手助けしてくれました」

「玲奈様、これはな、レディー・レイナならではの手腕にございますぞ」

「さあて、それはどうでしょう」

玲奈が黄大人に笑みの顔を向け、

「マラッカでもペナン島でも五挺鉄砲《ごちょうでっぽう》の試射をしましたが、御幡儀右衛門《おはたぎえもん》さんの創意と工夫を実際に見せつけられたイギリスの交易商人たちが競って荷を売ってくれ、また私どもの荷を買ってくれたのです。黄大人、マラッカでの商いは私どもが当初予定したより二割増しで売れたと思います」

「なによりなにより」

黄大人が満足げに笑った。

東方交易の初めての交易の責任が黄大人と玲奈の肩に重くのしかかっていた。上海から積んできた品々はバタビア、マラッカ、ペナンでほぼ売り尽くしていた。その上、帰りの交易品を満足できるほどに購入できた。

中層船倉に移るとイギリス国の綿花製品、精密機器、時計各種、航海用図、医学用具、書物類、薬品類、生糸、羊皮紙、織物類、更紗《さらさ》など布類、それに香辛料が積み込まれていた。

精密機器は外洋航海に必要な磁石、測天儀《そくてんぎ》、望遠鏡、機械時計の類《たぐい》でどれもがヨーロッパの最新の品だった。

香辛料は上海で売りさばく品で丁子《ちょうじ》、ナツメグ、肉桂《にっけい》、胡椒《こしょう》、唐辛子《とうがらし》、生姜《しょうが》と種類が揃った。その他にコーヒー豆、カカオ豆、煙草《たばこ》類があった。

「医学用品は父が立ち会い、薬品といっしょに日本人にあったものを揃えてくれました」

「ドン・ミゲル、礼を申しますぞ」

黄大人が旧知のドン・ミゲルに深々と頭を下げたものだ。

「空いている船室にはヨーロッパのガラス細工、アラビア人の織った絨毯《じゅうたん》、染料、陶磁器、それに絵画の類を載せてあります」

「それは楽しみな」

と応じた黄大人が、

「バタビアでも大黄《だいおう》、麻黄《まおう》、黄芩《おうごん》、山奈《さんない》、大腹皮《たいふくひ》、胡黄連《こおうれん》、益智《やくち》、升麻《しょうま》、杏仁《きょうにん》、甘草《かんぞう》、連翹《れんぎょう》、茴香《ういきょう》、酸棗仁《さんそうにん》など名を上げ始めたらきりがないほど漢方薬や西洋の薬種が手に入りました」

と玲奈に告げた。

さらに一段上の中上層船倉には箱に十挺《ちょう》ずつ詰められた散弾銃、帆船用の用具の帆布、マニラ麻の綱などが整然と詰め込まれ、中層、上層の砲甲板を省《のぞ》いてほぼ購入した品々で埋《う》まっていた。

「黄大人、ストリーム号の積み荷はどうですか」

「ストリーム号は船体が細いゆえ船倉も広くありません。ゆえに砲身、砲弾のように重いものは積めませぬ。そこでな、スナイドル銃、ゲーベル銃、ミニエー銃、カラバイン銃など小型の銃器類をそれなりの数、揃えました。むろん銃弾、火薬類もいっしょに積み込んでございます。それに香辛料でほぼいっぱいですな」

「バタビアの倉庫にはどれほどの荷が積み残されておりますか」

「レイナ一世号の空《あき》船倉を埋める程度の綿花などが残されております」

玲奈がしばらく考えた後に、

「その荷、傭船《ようせん》に預けませぬか。もちろんレイナ一世号に積めぬことはございませんが、もし帰路の途中、海賊船に襲われたとき、迎撃の動きが損なわれるとすべてを失う結果になりましょう。ならば、傭船に積んでよいものは傭船に乗せてレイナ一世号、ストリーム号の荷を出来るだけ身軽にしておきたいのです」

「それはよい考えですぞ、玲奈様。唐人のジャンク船はいささか当てになりません。バタビアに留まっておるパタニ船に知り合いがおります。このパタニ船にうちの要員を三、四人乗せて、上海まで運び込ませましょうか」

「ならばそのパタニ船も出来るだけ私たちと行動をともにすれば安全に上海に到着できましょう」

レイナ一世号からストリーム号へと点検作業が続き、明日からの荷積みの予定が決められた。


その夜のことだ。

バタビアの高台、ファタヒラ広場のオランダ館で、レイナ一世号が再びバタビアに姿を見せた歓迎と数日後には上海に向けて船出するお別れを兼ねた宴が催された。

異郷に住むヨーロッパ人にとって船の出入りほど刺激的なことはない。

上海の東方交易という小さな交易会社の幹部が若いレディー・レイナであり、その美貌と英語などヨーロッパの言葉を自在に操ることは、すでにバタビアじゅうに知られていた。

オランダ館にその宵《よい》、二百数十人の男女が正装で集まり、玲奈もペナン島で買い求めたイギリス仕立ての白地のドレスを着て、ドン・ミゲルのエスコートで豪奢《ごうしゃ》なホールに入っていった。

玲奈は父親にどこか緊張の様子があるのを見てとっていた。

レイナ一世号から短艇が父娘と黄大人をバタビアの船着き場に着けた。そこには馬車が待ち受けていて三人をファタヒラ広場まで運んでいった。

「父上、なんぞ心配ごとがございますか。いつもと様子が違うように思えます」

「玲奈、そなたと別れる日が刻々と近付いておるのだ。様子が違って不思議ではあるまい」

「私たちはまた来年に会うことが出来ます」

「それはそうだが」

親子の会話を聞いていた黄大人が、

「ドン・ミゲル、余計なことですが、ドニャ・フランチェスカ夫人ならば本日の宴には参られませぬよ。スラバヤからバリ島に船旅に出ております」

ドン・ミゲルが黄大人を見た。

「このバタビアでは、オランダ人に限らずヨーロッパ人の付き合いは狭いのです。あれこれと詮索《せんさく》好きな連中の噂話《うわさばなし》が耳に入ってきましてな」

ドン・ミゲルがしばしば黄大人の顔を見ていたが、

「大人、そなた、玲奈が私を探し出すと思い、フランチェスカをバタビアから遠ざけましたか」

「ドン・ミゲル、そのような力は私にはございませんよ」

「そう聞いておきましょうか」

と男たちが笑い合った。

「父上、ドニャ・フランチェスカ夫人はバタビアにいた時代に付き合いのあったご婦人ね」

「そなたも知っておったか」

「長崎を去ったあと、父上がだれかを好きになったとしても不思議はないわ。その方と結婚しようと思ったの」

「玲奈、今も薫子《かおるこ》という妻がいることに変わりはない、カソリック信徒の私が重婚などできるものか。そなた、私がフランチェスカといっしょに暮らさなかった理由を承知か」

「噂は耳に入ったわ」

「フランチェスカはバタビアで財を築いたユーラシアンの男ゲオルグ・オーフルトワテルと結婚した、それだけのことだ」

「ドニャ・フランチェスカはどんな人」

「さあて、薫子とは正反対の気性であったことだけは確かだ。どこにも似ておるところはなかった。別れたことに悔《く》いはないよ」

ドン・ミゲルは玲奈に淡々と言い切った。

玲奈はただ頷いた。

オランダ館での宴は盛大で、玲奈は宴の中心にいて常にダンスの相手を紳士方から願われた。だが、その夜、最初と最後のダンスの相手は父親と玲奈は決めていた。

ドン・ミゲルもこのバタビアに何年か暮らしていたのだ。何人か知り合いがいるようで、あちらこちらで昔の仲間と談笑していた。

玲奈はグ・テキストルからダンスの相手を求められた。彼はバタビア在住のオランダ商人で東方交易との取引を望んでいた。

「レディー・レイナ、父上と再会できたようですな、おめでとう」

「ありがとう。マラッカに行ってよかったわ。父はモレック・アイランドという小島に診療所を構えてあの界隈《かいわい》の住民たちに無償で医療活動をしていたの」

「私もレイナ一世号がマラッカに向けて出立《しゅったつ》したあと、その話を聞いた。ともかく再会できたことは喜ばしい」

と言ったグ・テキストルが、

「レディー・レイナ、私の会社との取引話、考えてくれましたかね」

「レイナ一世号もストリーム号もほぼ船倉は埋まっているわ。なにか珍しいものがある」

「アメリカ商船から買込んだ金が一ポンド延べ板で四百枚ある。貫目にして百貫近く、レイナ一世号のどこにでも積んでいかれよう」

「グ・テキストル、南米産の金には混じり物があると聞くわ」

「レディー・レイナ、私も交易商人ですぞ、混じり物など摑《つか》まされないし、また混じり物を売ることはせぬ」

「ならば明日にも見本を持ってレイナ一世号にきて」

「分かった。錫《すず》もあるが見本を持っていってよいか」

とグ・テキストルが思わずにんまりしたものの、その視線が固まった。

「まずいな」

「どうしたの」

「ドン・ミゲルとドニャ・フランチェスカが鉢合《はちあ》わせしている」

「えっ、ドニャ・フランチェスカはスラバヤからバリ島に船旅しているのではないの」

「私もバタビアにおらぬと聞いていた」

グ・テキストルが玲奈をリードしてくるりと視線をそちらに向けた。

壁際《かべぎわ》に大きな男と亜麻色《あまいろ》の髪の女が立ち、困惑の体《てい》のドン・ミゲルと向き合っていた。事情を知る人々がちらりちらりと様子を見ていた。

「グ・テキストル、失礼するわ」

オランダ人の交易商人とのダンスを途中で止《や》めた玲奈が父親の元に向かい、

「父上、踊りましょう」

と声をかけた。

「おお、玲奈か」

ドン・ミゲルがほっとした表情で玲奈を見た。

「おや、あなたがドン・ミゲルの娘なの」

ドニャ・フランチェスカが玲奈を振り向いた。整った美貌の主で、眼にあでやかな険《けん》があった。だが、宴の中心の玲奈を見下《みくだ》したような態度も見えた。

「レディー・レイナ、わが妻が昔の恋人にダンスを申し込んでいるところです。どうです、私の相手をしてくれませんか」

大男のゲオルグが言った。

「ミスター・ゲオルグ、気が乗らないわ。それに私は父と踊りたいの」

「ドン・ミゲルに先に申し込んだのはわが妻でしてな、淑女から相手を申し込まれたら、紳士は受けるのが礼儀です。そなたが生まれた島国ではそのような習わしがございませんか。ならば一つ学んだということです」

大男が玲奈に言った。ドン・ミゲルが、

「失礼だぞ、山猿め」

低い声で吐《は》き捨てた。

「なんということを」

ドニャ・フランチェスカがドン・ミゲルの頬《ほお》を殴り付けようとした。その手を玲奈が摑み、

「二人してこの場から立ち去りなさい。この次、会うときはこの程度ではすみませんよ」

嫣然《えんぜん》とした笑みを浮かべた玲奈が二人に言い切った。

ドニャ・フランチェスカが玲奈の理解のつかない罵《のの》り声《ごえ》を上げた。その場の全員が凍りついた。大男のゲオルグが玲奈の胸を突こうとした。

黄大人が間に入り、何事かこの地の言葉で命じた。

玲奈が摑んでいた手首を外した。

ゲオルグとドニャ・フランチェスカが黄大人を睨《にら》みつけていたが、足音も荒くオランダ館のホールを立ち去っていった。

「ドン・ミゲル、不愉快な思いをなさいましたな」

黄大人が言った。

「なぜかあの二人、私がここにいることが気に入らぬようだ」

「礼儀知らずはあの二人よ、父上、気にすることなどないの。踊りましょう」

玲奈とドン・ミゲルがフロアーに出ていくといったん止《や》んでいた音楽の調べが始まった。

「なぜあのような女を好きになったのか、今考えても自分が不思議だ」

「父上、だれしも恋したときはいいところしか見えないものよ」

「ふっふっふ、娘に恋の本質を伝授されているようでは父親の資格はないな。玲奈、このことだけは薫子に言わないでほしい」

と願った。


宴が終わったのは夜半のことだった。

オランダ館の玄関前のファタヒラ広場に馬車がドン・ミゲルと玲奈、それに黄大人を待ち受けていた。

「黄大人、面白くも楽しい夜だったわ」

「玲奈、私には散々《さんざん》な夜だったよ」

玲奈とドン・ミゲルが言い合い、黄武尊が声を上げて笑った。

「玲奈、父親の恥を知って楽しいか」

「私は長いこと父親を知らずに独りで長崎に生きてきたのよ。この地のユーラシアンの哀《かな》しみも分かるの。でも、それとこれとは別よ。あの人たちがなにを考えているのか分からないわ」

「玲奈様、今、分かるかもしれませんぞ」

「おや、なにかが起こるということ」

玲奈は太腿《ふともも》に付けた小型リボルバーを白いドレスの上から確かめた。

「案じ召さるな」

黄大人が和語で言った。

馬車は高台から港へと緩やかな坂を下りていく。

深夜のバタビアの坂道に馬車を引く馬の蹄《ひづめ》の音と車輪の軋《きし》む音が重なって響いた。

馬車の行く手に灯《あか》りが揺れていた。

玲奈はいつでも小型リボルバーを抜けるようにドレスの裾《すそ》を密かにたくし上げた。

「この場はこの黄武尊に任せなされ」

黄大人が言い、馬丁に何事か告げた。

灯りの手前で馬車が停止した。

灯りを掲げるのは制服の男たちでその手には鉄砲や拳銃《けんじゅう》を構えていた。

その背後にユーラシアンのゲオルグ・オーフルトワテルとドニャ・フランチェスカが控えていた。

「なんぞ御用かな」

黄大人の声が長閑《のどか》に問うた。

「ちょっとうちの農園まで付き合ってもらいますよ」

ドニャ・フランチェスカが言い、制服の手下《てか》たちに命じた。

馬車に走り寄ろうとする手下を黄大人が鋭い声で制した。

闇が揺れて、銃剣付きのシャープス騎兵銃を構えた古舘光忠、林雲《りんうん》、飛龍《ひりゅう》、内村猪《うちむらい》ノ助《すけ》らが制服の男たちと二人の男女に銃剣を突きつけた。

黄大人の命で光忠らは玲奈にも分からぬようにオランダ館に待機して、帰路の警護に当たっていたのだ。灯りを受けた銃剣の切っ先がきらきらと光った。

姿を見せたのは無言でも戦闘の手練《てだ》れと知れた。制服の男たちの顔に恐怖が走った。

「ミスター・ゲオルグ、ドニャ・フランチェスカ、わしらを相手にするときは、よほどの覚悟がいる。命が惜しくば今宵は黙って引き上げなされ。ただし見逃すのは今宵が最後、次の機会にはそなたらの首をジャワ海に投げ込むことになる。よいな、このことを決して忘れるでない」

黄大人の言葉で南国の宴は終わった。

三

ヘダ号が長江の馬鞍山《マーアンシャン》から蕪湖《ウーフー》に差しかかろうとしていた。

ヘダ号の操舵場では実質的な船長の劉源《りゅうげん》が操船を指揮し、田神助太郎《たがみすけたろう》が副船長として助け、もう一人、白麻の上下を粋に着こなし、パナマ帽をかぶった案内人が乗船していた。

ヘダ号の舳先《へさき》には、三挺鉄砲《さんちょうでっぽう》の覆《おお》いに肱《ひじ》をかけた長衣の藤之助の裾がひらひらと川風に舞い、その足元にはクロが忠犬のように寄り添っていた。

ヘダ号が目指すのは、

「天下第一の奇山」

と言われる黄山《こうざん》の北方にして、長江を挟《はさ》んで広がる安徽《あんき》省の梅香山邨《ばいこうさんそん》であった。

操舵場のパナマ帽の紳士がヘダ号の後ろを振り返り、

「劉源さんや、うるさい夏蠅《なつばえ》のように付いてきよる」

と言った声は、
なんと乞食《こじき》坊主の宋堪《そうたん》ではないか。

「致し方あるまい、あやつらの命じられた仕事ゆえな」

ヘダ号を尾行するのは揚州《ようしゅう》の茶問屋組合が雇った船で、金に転んだ役人の他に無頼漢多数が乗船するジャンク船であった。

乗り組んだ無頼漢の数は四十人ほど、全員が青龍刀《せいりゅうとう》や矛《ほこ》の他にいろいろな形式の鉄砲を持参して、上層甲板には帆布を被《かぶ》せた大砲と思えるものが三門ずつ左右両舷《りょうげん》に配備されていた。

揚州の古運河に停泊していたヘダ号に痩西茶公司《そうせいちゃこうし》から連絡があり、製茶工場と揚子《ようす》江《こう》渓谷の一角にある茶畑を見せてもよいと知らせてきた。

藤之助と劉源が痩西茶公司に駆け付けると、支配人が主延順風《えんじゅんぷう》の書状を持参させた案内人を後ほどヘダ号に訪ねさせると、二人になぜか答えたものだ。しばしの打ち合わせのあと、二人はヘダ号に戻った。戻り道、

「案内人をつけるという話は聞きませんでしたがな、支配人どの、気が変わったかな」

「われらが勝手に行動するのを避けるため、案内人をつけたほうが安心と考え直したのではないか。われらは案内人があったほうがよかろう」

「案内人次第でございますよ」

劉源は唐人の案内人は座光寺藤之助らが和人と知ると、必ずあの手この手で銭を絞り取りにかかると案じた。

「金子《きんす》のことなれば防ぐ策もないではなかろう。案内人は一人、われらは多勢《たぜい》ゆえな」

藤之助が言い切り、劉源も頷いた。

ヘダ号が長江本流に戻ると決めた前夜のことだ。

案内人が姿を見せるのを待ちながら劉源が藤之助に、

「あの乞食坊主、とうとう姿を見せませんでしたな。なにがしか渡した金で酒でもくろうておるか」

「さあて、どうだろう」

藤之助には考えがあるのか、そう答えたものだ。

上層甲板に持ち込まれた新鮮な野菜や果物や飲み物がリンリンの発案でそれぞれ蔓《つる》で編んだ籠に入れられて、下層砲甲板の一角にある食料庫へと運ばれていた。

リンリンは、内陸訛《なま》りの唐人語で万之助らを上手に指図して手伝わせていた。また万之助らも三度三度美味《うま》い料理を作ってくれるリンリンのいう言葉を推測してよく手伝った。船に娘が一人加わるだけでヘダ号の雰囲気が和《なご》んでいた。その点からいえばリンリンが東方交易に加わり、ヘダ号の長江遡上《そじょう》の旅に参加したのは大いなる収穫だった。

ほぼ片付けが終わった頃、田神助太郎が劉源に、

「本日はもう船板を上げてようございますか」

と確かめた。劉源が藤之助の顔色を窺《うかが》い、

「助太郎さん、もう半刻《はんとき》(約一時間)ほど待ってくれ」

と答えた。

「おや、どなたか訪ね人がございますので」

助太郎が応じて古運河の岸辺を見下ろすと、白い麻の上下の紳士が立っていた。男はパナマ帽を脱いでそれを助太郎に、

ひょい

と振って挨拶《あいさつ》した。その手首に数珠《じゅず》があるのを見て、

「まさか乞食坊主の水村《みずむら》宋堪さんではありますまいな」

と助太郎が岸の人物に問うたものだ。

「いかにも乞食坊主の宋堪が還俗《げんぞく》した姿にございますばい」

剽軽《ひょうきん》にも応えた宋堪がひょこひょこと船板を上がってきて、操舵場の劉源に流暢《りゅうちょう》

な唐人の言葉で何事か言いかけた。

しばし言葉を失っていた劉源が、

「そなた、真《まこと》のこ、いや、宋堪さんか」

と和語で問い直したほとだ。

「湯船に何時間も浸《つ》かって積年の垢《あか》ば落としたとです。乞食坊主は止《や》めました。ばってん、こりゃ、風邪《かぜ》を引くかもしれん」

と筑前《ちくぜん》訛りの言葉で応じたものだ。

「魂消《たまげ》た、驚いた。どうやら藤之助様の勘が当たりましたな」

劉源が笑みを浮かべた藤之助に驚きの顔を向けた。

「宋堪どの、乞食坊主は止められたか」

「サムライ・トウノスケ様、そろそろ潮時たいね。約束たい、船に乗せてくれんね。なんなら東方交易たら上海の公司の雇われ人になってもよか。わしをあんたの家来にしてくれんね」

「ヘダ号では全員が働く、そなたの働きぶりでその先のことは決めようか。粋《いき》なりをしておるが明日からは汗まみれになろうぞ。助太郎、宋堪さんに船衣を一式渡せ」

と藤之助が言うと、

「船衣もよかがこの旅の間はこのなりをさせてくれんね、その方が双方に都合がよかたい」

宋堪が自信たっぷりに言った。なにか魂胆《こんたん》があるのか、藤之助と劉源は顔を見合わせた。

水村宋堪が上着のポケットから書状を出しながら、

「痩西茶公司の茶畑までたい、案内人ば務めましょうかね」

「なにっ、そなた、痩西茶公司の主と知り合いであったか」

と応じながら書状を藤之助は受け取った。

宛名は確かに、痩西茶公司の製茶工場の支配人に宛《あ》てた書状であり、書状を書いた主は痩西茶公司の延順風とあった。延が老舗《しにせ》の痩西茶公司の主であり、十六代目ということを二人は承知していた。

延の書状は水村宋堪が痩西茶公司となんらかの繋《つな》がりがあることを示していた。

藤之助が書状の表書きと差出人の名を確かめ、劉源に渡した。劉源も宋堪が持参した書状を本物と判断して頷いた。

再び書状を手にした宋堪が劉源に使い慣れた唐人の言葉で説明した。それを劉源が藤之助に通詞した。

「この宋堪さん、なかなか食えん坊主かもしれませぬな。痩西茶公司の茶畑の一つを訪ねたことがあるそうでございましてな、此度は痩西茶公司の臨時雇員として案内役を務めるそうです。それに痩西茶公司は和国と昔から商い上でのつながりがある茶問屋であり、何人か抜け荷船に乗ってきた西国大名領の商人の通詞を務めたこともあるというております。藤之助様、ここでは誰もなかなか直《す》ぐには正体を見せませんな」

劉源がぼやいた。

「宋堪どの、どのような理由で揚子江渓谷の茶畑を訪ねた」

「何年前やったかね、清国暦の道光《どうこう》二十八年頃のことやったかね、ああ、道光二十八年は和国の嘉永《かえい》元年、西暦ならば一八四八年たい。痩西茶公司の支配人さんに頼まれてくさ、琉球《りゅうきゅう》の交易商人を案内して行ったと。そんとき、この宋堪めが通詞を務めましたとよ」

「ということは製茶工場も承知じゃな」

「延の旦那はいくつも製茶工場も茶畑も持っとるたい。わしは一つしか知らんたい」

「そなた、われらが痩西茶公司になにを願ったかも承知なのだな」

麻の上下の紳士が頷いた。

「助太郎、船板を上げよ」

藤之助の言葉が宋堪受け入れの合図になった。

ヘダ号に尾行のジャンク船がついたことを知ったのは、ヘダ号が揚州を出た朝方のことだ。

田神助太郎が怪しげなジャンクがきっちりと距離をとってついてくると劉源に告げると、宋堪が背後を振り返り、

「揚州茶問屋組合の雇われ船やな、金に転んだ茶政庁の役人が乗っとろう」

と告げた。

「なぜ揚州茶問屋組合の船がわれらに関心を示すな、一応われらは瘦西茶公司の主の書状を持参しておるし、臨時ながらそなたという案内人もついておるではないか。瘦西茶公司もまた揚州茶問屋組合の一員であろうが」

「瘦西茶公司は揚州でも老舗たい、茶問屋組合を牛耳《ぎゅうじ》っておられる大店《おおだな》ですばい。ばってん、主の延順風様と反《そ》りの合わん東李孫《とうりそん》様がくさ、茶政庁と組んで、瘦西茶公司を潰《つぶ》しにかかっとるとたい。大方、あのジャンク船はこっちの弱みを握ってくさ、瘦西茶公司を潰す材料ば見つけるつもりじゃなかろうか」

「どこにも政争や対立はあるものだな。だが、それにしても無頼漢を乗せてわれらを

付け回すのは解《げ》せん」

「藤之助様、清《しん》国政府とイギリスなど列強と交わした南京《ナンキン》条約のことは承知やろうね」

宋堪のお国訛りが段々《だんだん》と滑《なめ》らかになってきた。宋堪が坊主になる以前、どのような階層の人間だったのかも今一つ判然としない言葉遣《づか》いだった。あるいは長い揚州暮らしで付き合った和人の言葉が混在しているのか、と藤之助は勝手に推測した。

南京条約とは阿片《あへん》戦争が決着したあとの一八四二年、イギリスと清国の二国間で締結された条約だ。この条約により清国は香港《ホンコン》を割譲《かつじょう》し、広東《カントン》、厦門《アモイ》、福州《ふくしゅう》、寧波《ニンポー》、上海を開港した上、賠償金の支払いにも同意した。この締結が南京で行われたので南京条約と言われるが、一方的にイギリスに有利な条約締結のあと、清国はイギリス人など外国人の内陸部立ち入りを禁じていた。

「許しを得ない異人の内陸部への立ち入りを禁ずる触れのことじゃな」

「はい、いかにもそげんことたい。われらはすでに長江河口から何百里も内陸に立ち入っておりますたい。それだけの理由で役人がわれらを摑まえることはできますもん」

「とはいえ、揚州などは古《いにしえ》より異国から商人が入り込んでいたのではないか」

「いかにもそげんことです。わしのごたる坊主もお目こぼしで揚州に何十年もいられたとです」

「それが今になって厳しくなったのは、イギリス東インド会社が犯した茶泥棒のせいか」

「そげんことそげんこと。この国の内陸にある茶をイギリスに盗まれたしくじりは、茶問屋組合に大打撃を与えたとです。そんであんジャンク船がわれらを見張っちょるとよ」

宋堪が言ったが、藤之助にも劉源にも今一つ宋堪の説明では得心できなかった。

「宋堪どの、今一つ解せんな。すでに天竺《てんじく》には、いや今ではインドと呼ばれているのであったな、かの国にはこの国の茶が移植されたのであろうが。もはやわれらを見張ったからといってなんの得がある」

「そこたい」

水村宋堪がパナマ帽を脱いでばたばた扇《あお》いで、坊主頭に風を送った。

「わしはたい、イギリス東インド会社に雇われた茶盗人と同じ長江の乗合船に乗り合わせたことがあると。最前話した道光二十八年の十月のことたいね」

さすがに藤之助も劉源も仰天《ぎょうてん》した。

まさか数日前まで揚州の町に異臭を漂わせてほっつき歩いていた乞食坊主にそのよ

うな体験があるとは考えもしなかったからだ。

「揚子江渓谷でくさ、わしらの乗る船を異人が乗っ取るちゅう噂が流れてくさ、船内の空気がくさ、とげとげしゅうて険しくなったと。最初はわしの連れた琉球商人の正体が知れたか、あるいはわしの身許がばれたかといささか慌《あわ》てたと。ところがそうやなかったとです。乗合船には個室がありましてな、その個室にあれこれと木箱を持ち込んでいて滅多《めった》に出てこん男がロバート・フォーチュンちゅう名のイギリス人の植物学者やと、噂を流したのはくさ、なんとフォーチュンの案内人の王《ワン》たい」

「イギリス人は案内人を一人だけ連れて内陸部に潜入しておったのか、なんとも大胆じゃな」

「藤之助様、フォーチュンはくさ、唐人服を着てくさ、辮髪《べんぱつ》まで頭に垂らしておったと。言葉もなかなか癖《くせ》のある唐人語を話しましたばい。ばってん、鷲鼻《わしばな》やろ、背がひょろりと高かもんでだれもが異人ち、気付いておったと。それでん、他人のことを言い立てるもんはおらんでくさ、皆、知らんふりたいね」

「それを案内人の王は、己《おのれ》の身にも降りかかる悪い噂をなぜ流したのであろうか」

「王はくさ、フォーチュンからなにやかやと理由をつけてくさ、銭を絞りとろうとしてくさ、画策しておったと。それを乗合船の船長が知ってくさ、こんどは王の上前《うわまえ》を撥《は》ねようとして、王と船長の間が悪うなってくさ、一度ならず殴り合いの喧嘩《けんか》騒ぎが船の甲板であったですもん」

「内陸に異人が入るのは唐人にとっては利を生むこともあるのか」

藤之助は宋堪に答えながら、ヘダ号を尾行してくるジャンク船を見た。

今朝方《けさがた》よりだいぶ距離を縮めて、三丁（約三百メートル）ほど下流にジャンク船はいた。

「藤之助様、利を生むことが難儀を招くとたい。なにしろ長江を上り下りする乗合船にはくさ、武器や阿片を売る無法者が乗り込んでくさ、そやつらは普段は素知《そし》らぬ顔で他人同士のようなふりをしておりますがな、いざとなったら、仲間同士が連携《れんけい》してくさ、武器をちらつかせて乗合客の金品を巻き上げた上に殺して、長江の流れに蹴《け》り込むことくらい平気の平左《へいざ》でやる連中ですたい」

「その折、フォーチュンなるイギリス東インド会社の雇われ人は、製茶工場や茶の栽培地を訪ねようとしていたのだな」

劉源が宋堪に聞いた。

「いかにもさようたい、劉源さん。なんと琉球の商人をわしが案内しようとした製茶工場と同じところに王め、だれから聞いて知ったか、わしらの同行者と思わせてくさ、フォーチュンを案内したとです。わしらにとって迷惑のタネたいね。わしらは瘦西茶公司の紹介状を持っとるたい。ところがフォーチュンはそんなものはなか、王はくさ、製茶工場の支配人に会ったとたん、わしらをそっちのけにしてくさ、なんと鷲鼻のイギリス人の、フォーチュンを北京のえらい役人やと売り込んで強引に製茶工場を見て回ったとです」

宋堪の体験談は中国茶を知ろうという藤之助らにとって興味津々《しんしん》のことだった。

「その製茶工場は瘦西茶公司の直《じか》の工場ではなかったとです。緑茶を製茶する工場でしてな、なかなか大きなものでした」

「此度《こたび》、われらが訪ねる製茶工場とは違うのだな」

「藤之助様、同じ揚子江渓谷にございますがな、七、八十里は離れておりまっしょ。フォーチュンは東インド会社から頼まれただけに製茶工場に入るとなんでも熱心にくさ、観察して、帳面に事細かに書き込んでおりました。また製茶の工程ごとに茶葉の香りやら乾燥具合、湿り気を確かめておりました。そりゃ、わしが感心するほど熱心でしたもん」

イギリスがアジアに植民地を拡大して自国内で茶を喫する習慣が生じたが、イギリス人が真に茶を理解したとはいえなかった。

アジアで産する茶をイギリス人たちはこう理解していたという。ティーとは、乾燥した茶葉に熱い湯を注ぎ、茶の成分を熱湯の力で抽出させて飲むものと。

このような喫茶法をイギリス人たちは二百年にわたり続けていたのだ。ところがアジアの銘茶産地では茶葉を摘んだあと、高度な加工を施していた。ためにイギリスでは、どのように高価な茶葉を喫しようと、その隠された旨《うま》みの何分の一も出し得なかったのだ。

十九世紀の半ば、イギリス東インド会社の面々は、中国産の茶葉には「製茶の秘密」が隠されていると気付いていた。そこでイギリス人たちは、

「茶葉密偵《プラント・ハンター》」

という茶盗人を杭州《こうしゅう》や揚子江渓谷の茶葉の産地に潜入させたのだ。

イギリス東インド会社のロンドンの幹部連は、進んだヨーロッパの科学技術を駆使すれば、中国茶葉の秘密など簡単に分かると信じていた。

だが、その任務は簡単なことではなかった。

「王の話によればくさ、フォーチュンは、茶の名産地の苗木を集めてインドに送ったらくさ、それで事が足りると思うていたそうな。ところがどっこい、茶の育て方にも

茶畑独特の家伝秘法があってくさ、苗木を揚子江渓谷と気候が似ているダージリンなるインドの北に送って育ててみても、なかなかうまくいかんやったと。フォーチュンとわしが会ったのは、何度も失敗したあとの最後の潜入行やったと思いますばい」

清国にとって内陸で産する茶葉は貴重な輸出品だった。それゆえ国家機密として取り締り、茶葉密偵《プラント・ハンター》たちを内陸に入れないように厳しい警戒をしていた。

「宋堪どの、そのフォーチュンが揚子江渓谷に潜入してほぼ十年が過ぎたことになる。この国が門外不出として守ってきた秘密はすでにイギリス人らがインドに持ち出して、茶を栽培しておるのだな。そのようなことを上海のジャーディン・マセソン商会の幹部連から聞いたことがある。つまりティー・クリッパーをイギリスから上海に向かわせるより、インドのボンベイに向かわせるほうが航海の距離も短い。もちろん中国茶と同じような茶をインドで産することができるとしての話だがな」

「確かにインドのダージリンで中国産の茶葉が栽培されたのは今から五、六年前のことです。それまで中国の新茶をロンドンに運ぶティー・クリッパーの競漕はイギリスじゅうを沸《わ》かせた見物であったそうげな。イギリス人はダージリンからの安価な紅茶に切り替えながらもくさ、新茶を運ぶティー・クリッパーの競漕を今も楽しみにしとる、とよ」

「イギリスには中国とインドから競って茶葉を運んでくるようになったのだな」

そういうことです、と宋堪が言った。

四

夕暮れの刻限が近づき、日は長江の右岸の山並みに傾きかけていた。

ジャンク船はヘダ号との間を二丁と詰めていた。

操舵場では話の合間に水村宋堪がヘダ号備え付けの遠眼鏡《とおめがね》でジャンク船を最前から眺《なが》めていた。

藤之助は操舵場に佐々木万之助を呼んで、三挺鉄砲をいつでも発射できるようにしておくように命じた。

「承知しました」

と答えた万之助が、

「下層砲甲板の左右両舷に新しく積んだカロネード砲の砲撃準備は終わっております」

と答えた。

ヘダ号は長江遡上に備えて砲備を改めた。主砲の四十ポンド砲を砲身重量の軽い十二ポンド砲に替え、その代り左右両舷に一門ずつ射程の短いカロネード砲を備えた。カロネード砲の射程が短いのには理由があった。

六十八ポンドの大砲弾を接近戦で撃ち出す場合、当たれば相手の船腹に甚大《じんだい》な被害を与えるために射程距離は長くは要らなかった。またカロネード砲は砲身が短いので小型帆船のヘダ号に向いていた。ただし、砲撃の衝撃は船体を大きく揺らし、二撃目の砲撃の仕度には時を要した。

長江の川幅がいくら広いとはいえ、大海原と比較しようもない。また長江には多数の船が往来しているのだ。そのために万が一、砲撃戦を行うにしても往来する他船に被害が出ないように近距離から一発で決する必要があった。そのためにはカロネード砲は有効だという万之助の意見に従って搭載させたのだ。

「よう考えた」

万之助を褒《ほ》めた藤之助は、

「水村宋堪、あやつらがヘダ号を監視する理由を未《いま》だ述べておらぬな」

と中断していた話を再開させた。

遠眼鏡を手にした宋堪が藤之助に尋《たず》ね返した。

「この国でいちばん飲まれている茶はなにか藤之助様はご存じですと」

「過日、この地でも喫される茶は緑茶が七、八割と揚州で聞かされた。わが国といっしょだなと思ったから覚えておる」

「確かに大きな製茶工程ではこの国の緑茶とわが国の緑茶は似ておりますと、ばってん風味、香りを比べたらくさ、だいぶ違うと思いますばい。寺方《てらかた》はよう茶を喫しますやろ。この宋堪、どげん食べ物でん飲み物でん我慢できますたい。ばってん時にくさ、わが国の茶が喫したくなるときがございますと」

と答えた宋堪が、

「これより揚子江渓谷の緑茶の製茶工場を訪ねるとです。この場で製茶の工程を私が説明することもございまっせんな」

「その説明は緑茶の製茶工場で受けよう。ただ今はなぜあやつらがわれらにぴたりとついて来るか、説明せよ」

といささか苛立《いらだ》った藤之助が話の展開を強《し》いた。

宋堪は長い異郷暮らしで実に大陸的な話しぶりで、話があちらこちらに飛んでちらかった。

「フォーチュンなる茶葉密偵《プラント・ハンター》、なかなかの観察眼のある男にございましたと。製茶工場の職人たちの指が真っ青なのに気付いたのです。こん宋堪はくさ、緑茶を採《も》む職人の手はかようにも青く染まるもんやろかと、職人魂に感心したもんたい。あのイギリス人はくさ、真っ青な指の秘密を突きとめたとです」

「真っ青な指の秘密とな」

興味を持った劉源が宋堪に問うた。

「劉源さんの前ばってん、唐人はいっちょん信頼ならんもん。商人ばかりか百姓も農夫も坊主もばか正直は人のうちに入らんと思うとる民族たい。茶葉に茶葉に似た葉っぱや小枝を混ぜるのはくさ、序の口、当たり前やもん。それに茶がらを集めてくさ、天日干しにして製茶工場に売る商売もあると。製茶工場はあれこれと混ぜてカサば増やすとよ」

「なんとのう」

藤之助は、痩西茶公司もそのような品を売っておるのかと危惧《きぐ》した。

「その心配はなか、藤之助様」

「それがしの胸中が読めるか」

「痩西茶公司の品を案じたとやろ。あいだけの老舗になればくさ、そげんことせんでん客はついとる。よう考えてみない、茶がらを混ぜるような製茶工場にサムライ・トウノスケばなんで招くね」

「いかにもさようであったな」

「今から四年前のことたい。揚州に、フォーチュンがこの秘密をロンドンで明らかにした話が伝わってきましたと。こりゃ、揚州じゅうの茶栽培農家から製茶工場、茶問屋が慌てさせられましたと」

当時、中国からイギリスなどに輸出される茶葉は緑色であればあるほど好まれたという。その方が高値で取引されたからだ。

唐人の茶葉商人は茶葉栽培と製茶に無知なイギリス人の好みに付け込んだ。

茶葉職人の指が真っ青に染まった理由が、塗料に使われる顔料「プルシャンブルー」として知られるフェロシアン化鉄と石膏《せっこう》を混ぜた化学物質、硫酸カルシウム二水塩で茶葉を、

「緑色」

に着色しているためだと、フォーチュンが突き止めたのだ。

フォーチュンの報告は揚州ばかりか、イギリスを始め、ヨーロッパじゅうの紅茶愛飲家を驚愕《きょうがく》させた。

この二つの化学物質ともに長期間常用すると体に無気力、頭痛、物忘れ、めまいな

ど生じさせる有害物質だったからだ。

フォーチュンの報告によれば、製茶中の茶百ポンドにつき、半ポンド以上のプルシャンブルーと石膏が加えられていると試算していた。イギリス人は二百年の長きにわたり毒入りの、

「緑茶《グリーンティー》」

を飲まされ続けてきたのだ。そして茶の習慣がイギリス人の暮らしの一部になっていた。

フォーチュンの報告はイギリス人を震撼《しんかん》させ、茶について再認識させるに十分なものだった。

中国の製茶工場はいくつかの理由で自然物の茶葉を人工的に緑にしていた。

イギリス人を始め外国人がこの二つの化学物質を混ぜた茶葉が好みであり、茶もきれいに見えると勘違いしていたか、あるいは阿片戦争の屈辱を晴らすためにイギリス人の無知に付け込んでわざとそうしていたか。ともあれプルシャンブルーも石膏も安く手に入り、混ぜた茶葉は高値で売れた。

「イギリス人はフォーチュンによって合成着色料で緑に染められた茶を飲まされていたことを知り、愕然《がくぜん》としたとです。そこでくさ、毒入りでなか、自然そのものの茶葉

をインドのダージリンで栽培し、製茶することを急ぐようになったのです。その結果、中国茶葉は値崩れしてくさ、中国産の茶葉は売れんごとなったとです」

「宋堪、未だプルシャンブルーと石膏を混ぜた茶葉を扱う茶問屋があるのか」

「それが問題たい。揚州にも他の土地にもありますと。あん船は、毒入り茶の既得権を守ろうとしてくさ、こんヘダ号がその調べに製茶工場に出向こうとしているんやないかと勘違いしておるとくさ、わしは睨んでおりますたい」

「あのジャンク船には茶政庁の役人が乗っておると、そなたは言うたな」

「最前から遠眼鏡でジャンク船を見ておりましたがな、揚州の茶政庁の役人の熔慎双《ようしんそう》の顔が見えました。こやつ、大男でくさ、銭の臭《にお》いのするところにはたい、必ず顔を出すという輩《やから》たい。わしゃ、こやつに何度も泣かされたことがありますもん。あいつの腰にはくさ、二挺の短筒がぶら下がっておりますと、なかなかの鉄砲達人やそうな。東一派と組んだ上役も熔を始末屋のごと、便利に使うとるとよ」

と言った。

「二挺拳銃の熔は、揚州茶問屋組合の反瘦西茶公司一派、東李孫らに雇われておるというのだな」

「まずジャンク船の金の出所はそげんとこたい」

さあて、どうしたものか、と操舵場の劉源と田神助太郎の顔を藤之助が見た。

「宋堪さん、あのジャンク船、われらが痩西茶公司の許しで、揚子江渓谷にある製茶工場に向かっておることは察しておるのだな」

「わしゃ、イギリス東インド会社と痩西茶公司の願いでくさ、ヘダ号が毒入り茶葉の摘発に行くと勘違いしておると睨んでおりますがな」

「われらは毒入り茶など興味も関心もない、迷惑至極」

「それとももう一つ金がからむ理由がありますと」

「なんじゃな」

「毒々しい緑の茶葉はこの先売れんごとなる、こりゃはっきりしとろう。そこでくさ、一部の茶問屋の旦那衆《だんなしゅう》はくさ、緑茶に阿片をまぶした阿茶《あちゃ》なる茶をつくろうとしとるとたい。そんことを痩西茶公司の旦那、延順風様は心配しとらすと、こげん茶が市場に出回ったら揚州の茶葉は評判悪うなるもんな」

「で、あろうな。一方阿茶を扱う茶問屋は大きな利を得る」

「藤之助様と劉源さんを揚州の町で監視していた者がおりましたな。阿茶を製造しようとしている連中の雇った人間たい。それがあんジャンク船に乗っとろう」

と宋堪が後ろからくるジャンク船に視線をやった。

「阿茶を売りだそうとしておるのは、東李孫という揚州茶問屋組合の旦那を頭《かしら》にした茶問屋たちの一派だな」

「そげんこつとわしは睨んでおりますと」

ようやくジャンク船の行動の意味を得心した藤之助は長考し、口を開いた。

「ともかく揚子江渓谷の痩西茶公司の製茶工場と茶畑までジャンク船を連れていくことはならぬな」

「ならばくさ、夜の内にジャンク船を長江に沈めてしまいなされ。あとは魚が始末しますたい」

水村宋堪はとても揚州の地で仏道修行した僧とは思えない大胆極まる発言をした。

「藤之助様、あやつらはたい、揚州に戻っても揚州の人が迷惑する輩《やから》たい。魚の餌《えさ》にしてん、いっちょんだれも嘆くめい」

藤之助が劉源の考えを聞くように見た。

「宋堪さん、安徽省の製茶工場はあとどのくらいかかるな」

劉源の問いに宋堪が長江の左右の岸の景色を見た。

ヘダ号は牧歌的な田園地帯を、微風を帆《ほ》に受けてゆっくりと遡上していた。

右岸の山の斜面は見事な棚田になっていて、青々とした稲が風に戦《そよ》いでいた。

また左岸の台地は平らで果樹が栽培され、桃、杏《あんず》、リンゴ、柑橘《かんきつ》類などが枝からたわわに実っていた。

収穫間近な実りの季節がそこまで来ていた。

「遠くに見えると山並みがくさ、黄山の奇岩たい。となるとあと三、四十里も遡《さかのぼ》ったらくさ、支流に入ると。あいつらを支流には連れていきとうなか、瘦西茶公司の与《よ》名知《めいち》支配人さんも喜ぶめい」

長江の右岸に切り立った岩壁が連なり、その辺りは長江でも水深が深いのか、往来する船は長江の中央部から左岸に寄って上り下りしていた。

日没も近いということで、大半の船はすでに本日の停泊地に舫《もや》い綱《づな》を打って船上では夕餉《ゆうげ》の仕度などを始めていた。

「後見、右岸の岩場にヘダ号を止められぬか」

劉源は長江の流れと風具合を見ていたが、

「この流域で渓谷の岩場に船を寄せて止める船は少のうございますな。夜中にやつらを誘いだしますか」

「うまくいくかどうか。右岸なればなにが起ころうと、すべては長江の流れが飲み込んでくれよう。まあ、そこまでする相手とも思えぬが」

頷いた劉源が、上層甲板で帆の張りを直していた佐々木万之助らに、

「右岸岩場下に今宵《こよい》は停泊する。流れが渦巻《うずま》いておるで、操帆、操舵には慎重を期せ」

と命じて、ヘダ号は長江の流れの真ん中から右岸へと寄っていった。

さらに田神助太郎に夜戦の対応を指示しようと藤之助は考えた。だが、助太郎、佐々木万之助らはもはや自ら臨機応変に工夫して凌《しの》ぐことができるはずだと、そのことには言及しなかった。

水村宋堪がまた遠眼鏡でジャンク船の動きを見ていたが、

「ジャンク船、迷っちょりますばい。うんうん、ついてきましたばい。あいつら、あの岩場が怖《こお》うないとやろか」

ヘダ号は海を航行するためのスクーナー船だ。長江のような大河を往来するには適していない。だが、ヘダ号は何度も改修を重ね、さらに藤之助、田神助太郎以下、佐々木万之助ら十八人の若者たちもこの帆船の長所も欠点も十分に飲み込んでいた。

また長江の複雑な流れは劉源が承知していたから、ヘダ号は慎重に右岸の岩場に寄せ、流れが穏やかな岸に着けた。舳先から田中善五郎《たなかぜんごろう》が岩場に飛んで舫い綱を大きな岩に結んだ。

ジャンク船もヘダ号から一丁ほど下流に仮泊した。

リンリンと李頓子《りとんし》、それに寅太《とらた》と銀次郎《ぎんじろう》が手伝い、夕餉の仕度が始まった。

藤之助は下層砲甲板に下りると、カロネード砲を確かめた。一門のカロネード砲には熟練した砲手が六人は要《い》った。田神助太郎が砲術方《ほうじゅつかた》の長《おさ》を務め、右舷《うげん》側には佐々木万之助を頭に八人、左舷側には後藤時松《ごとうときまつ》を頭に八人が就く手筈《てはず》になっていた。

むろん砲撃だけで事が済むわけではない。銃撃戦から船と船を寄せての肉弾戦になれば、数の上ではジャンク船が二、三倍の戦闘員を擁《よう》していた。

一方、ヘダ号には数こそ少ないが何度かの修羅場を潜《くぐ》った若侍が乗り組んでいた。

藤之助はこの夕餉、酒を許し、賑《にぎ》やかに歌ったり踊ったりして、ヘダ号の最上甲板でドンチャン騒ぎをさせた。さらに宴では泥酔した銀次郎と一太郎《いちたろう》が喧嘩《けんか》騒ぎを起こして見せ、夜半には皆が酔い潰《つぶ》れて眠りに就いた体《てい》を装った。

だが、下層砲甲板に寝たはずの万之助らは交替で、ひそかにジャンク船の動きを操舵場から監視し、その時を待っていた。

八つ（午前二時）を過ぎた頃合い、ジャンク船の船上に人影が見えてヘダ号が眠り込んでいることを確かめていた。だが、直《す》ぐには動かなかった。いや、また寝込んだ気配もあった。

ヘダ号では総員が静かに起きて、右舷側のカロネード砲の砲口から六十八ポンド

（約三十・九キロ）の砲弾と火薬を装塡《そうてん》した。続いて音を立てないように砲門の錠《じょう》を外したが砲口は未だ突き出さなかった。

照準はほぼ水平、火方が種火《たねび》を仕度した。

藤之助は舳先にいたが、三挺鉄砲の覆《おお》いを外していなかった。ただ、弾倉を装着し、銃口を斜めうしろの船尾側に向けて、いつでも射撃態勢に入れるように仕度だけは整えていた。

八つ半の刻限、風具合を確かめたジャンク船が舫い綱を解《ほど》いて、一枚帆《ほ》の網代《あじろ》帆を上げ、ヘダ号に接近してきた。

それを見たヘダ号から岩場に二人の影が飛び、舫い綱を外した。時松と善五郎の二人だ。

左舷側の砲方がヘダ号の前檣《ぜんしょう》主帆と後檣《こうしょう》主帆を張り、補助帆を拡げた。

岩場から舫い綱を手にした人影がヘダ号の甲板に飛び下りて、ゆっくりと帆に風を孕《はら》んでヘダ号が動き始めた。

ジャンク船もまた静かにヘダ号の真後ろから迫ってきた。三挺鉄砲は舳先にあった。ために船尾はヘダ号の弱点といえた。

月明かりの中でヘダ号が急ぎ遡上を始めた。だが、直ぐには風を拾えず二隻の間が一気に詰《つ》まった。ジャンク船はすでにヘダ号の船尾近くに忍び寄っていた。こうなると三挺鉄砲も下層砲甲板のカロネード砲も使えなかった。

操舵場には劉源と水村宋堪がいた。

「武者震いとはこのことな、よう震えるばい。劉源さん、あやつら、こっちの船の尻に舳先ばぶつけて乗り込むとやなかろうか」

「そうかもしれんな」

劉源はそう答えながらも縦帆が効率よく風を拾うように上層甲板の面々に手の動きだけで指図をした。

ジャンク船の舳先がヘダ号に伸《の》し掛《か》かる様に迫った。

「こりゃいかん。わしゃ、泳げんと」

「坊さん崩れは水遊びが嫌いか」

「劉源さん、えろう落ち着いとるがおまえさんは前職はなんやったかな」

宋堪が劉源に訊いた。

「おや、黒蛇頭の老陳の手下《てか》と言わなかったか」

「なに、あんたは、あん老陳の手下やったと、ならば船戦《ふないくさ》に慣れとろう。そればってん、こっちは数が足りめえ」

「戦はございませんでな。ほれ、舳先の藤之助様を見てみなされ。懐手《ふところで》で三挺鉄砲に肱《ひじ》をついておられる」

実際、肱をつくしか藤之助もやりようがなかった。ジャンク船はヘダ号の真後ろにいて、操舵場の陰にジャンク船が隠されていた。

ヘダ号の面々はジャンク船がヘダ号に並びかけることを願っていた。だが、相手はヘダ号の真後ろの位置をしつこく保持してゆっくりと遡行《そこう》してきた。

微風で船足が上がらないこともあった。

二隻は短い綱に繋《つな》がれたように進んでいた。

ジャンク船も有利な態勢になるのを待っていた。ジャンク船の船頭もなかなかの腕前と劉源も感心した。

「藤之助様を見らんね。余裕やろうか、それともくさ、竦《すく》んでおられるとやろか。体が固まったごたる」

宋堪が呟いた。

劉源は藤之助の長衣の腰帯に、珍しく藤源次《とうげんじ》助真《すけざね》が差し落とされているのを見ていた。

帆の調整をし終えた後藤時松ら三人が操舵場に上がってきて、シャープス騎兵銃《きへいじゅう》を手に防弾柵の蔭《かげ》に黙って身を潜めていた。銃剣が月明かりにきらきらと光って、宋堪は身を縮めた。

風が下流から吹き上げてきた。

ジャンク船がすいっ、とヘダ号の右舷側に出た。

(よし来い)

と劉源が心の中で念じ、

「ジャンク船、並走！」

という小声の報告が操舵場から下層砲甲板の田神助太郎に伝えられた。

「砲甲板、了解！」

だが、ジャンク船は実に大胆な動きを見せた。船速を上げるとヘダ号の右舷すれすれに船を寄せた。ヘダ号とジャンク船が、
がたんがたん
と音を立ててぶつかった。ためにヘダ号右舷のカロネード砲の砲門扉は開くことが出来なかった。接近戦で威力を発揮するカロネード砲が封じられた。

藤之助は三挺鉄砲の覆いをとった。だが、ジャンク船の甲板はヘダ号より一間(約一・八メートル)余も高く、ジャンク船の甲板は見えなかった。

反対に、ジャンク船の左舷側上層甲板に設置したカノン砲が三門、すでに砲撃の準備を終えて、ヘダ号を見下ろしていた。

船体と船体を密着させての戦闘だ。

有利なのは船体の大きなジャンク船だ、完全に先手を取っていた。

ヘダ号に上層甲板からランタンが灯《とも》された。リンリンと李頓子が肉弾戦になることを案じて駆け回って灯《あか》りを灯したのだ。するとジャンク船の最上甲板から大男が何か叫んだ。

劉源も叫び返した。

茶政庁の役人、熔慎双だ。たしかに茶色の長衣に革帯を締めて二挺の大型リボルバーを提げているのが見えた。そして、劉源の言葉に熔が二挺拳銃を抜いて、劉源に狙いを付けた。

後藤時松らも劉源の身を守るためにシャープス騎兵銃を構えて、熔を狙った。だが、船と船とがぶつかり合い、体が揺れ動いてお互いに狙いが定められなかった。

ジャンク船のカノン砲がいきなり発射された。

ずずーん

鈍い音が響いたが、砲口を下げきれずに砲弾はヘダ号の前檣と後檣の帆柱の間を抜けて、長江の流れに大きな水柱を上げた。

その砲撃のせいでジャンク船とヘダ号の間に隙間《すきま》が空いた。

熔と時松らが撃ち合ったが、船の揺れでどちらの銃弾も当たらなかった。

藤之助は舳先に固定された三挺鉄砲を抱え込むようにして、熔の上体に狙いを定めた。

熔も両手のリボルバー二挺を劉源に向けた。だが、余りにも角度が悪いのか、操舵方に怒鳴《どな》って何事か命じた。するとジャンク船がヘダ号からさらに離れて、熔の位置から劉源がよく狙えるようになった。

藤之助が三挺鉄砲の引き金を間合《まあい》よく絞り、三連射した。

タンタンターン
熔の肩口を三挺鉄砲の一発が掠《かす》めて上層甲板の床に吹き飛ばした。

ジャンク船が船足を落としてヘダ号から急ぎ離れていった。

だが、ヘダ号とジャンク船の長江での船戦はそれで終わったわけではなかった、始まりだった。それにしても助太郎や万之助らはもはやひよっこ侍ではない。一人前の戦士だと藤之助は改めて思った。

第四章　茶旗山《ちやきさん》の老師

一

バタビアの港ではいよいよレイナ一世号とストリーム号が上海《シャンハイ》への帰途に就《つ》く日がやってきた。

未明、暗い内からすでに二隻《せき》の交易船団は仕度《したく》を終えていた。

レイナ一世号の船室では玲奈《れいな》とドン・ミゲル父娘が最後の朝食をともにした。

「玲奈、頼みがある」

朝食の途中、ドン・ミゲルが一通の書状を差し出した。

「母に文《ふみ》を書く気になったの」

「迷ったが昨夜書いた」

「父上《パードレ》、いい判断をなさったと思うわ」

「薫子《かおるこ》が受け取ってくれようか」

「戸惑うかもしれません。でも、きっと喜ぶと思うわ。あとは娘の私に任せておいて」

頼む、と言ったドン・ミゲルがコーヒーを飲み干し、立ち上がると玲奈を抱擁《ほうよう》した。

ドン・ミゲルもまたマラッカ行《ゆき》のイギリス船籍の商帆船ケリントン号に乗ってバタビアを立つのだ。

「船まで送るわ」

レイナ一世号からケリントン号までレイナ号で林雲《りんうん》と飛龍《ひりゅう》の二人が櫓《ろ》を操り、父娘を乗せていくことにした。最後の刻《とき》まで父と娘が名残《なご》りを惜しめるように古舘光忠《ふるたちみつただ》に命じられたのだ。二人は艫《とも》に座して話していた。

「父上、また来年に会えるわ」

別れに気落ちしたドン・ミゲルを慰《なぐさ》めながら、薫子をレイナ一世号に同乗させてモレック・アイランドを訪ねられないかと考えた。一方で夫婦の間にはさすがに娘でも立ち入ることはできないことだと思っていた。十数年の別離の歳月が横たわっているのだ、ただ見守っていくしかない。

櫂《かい》を漕《こ》ぐ林雲が、

「待ち人がおるばい」

長崎訛《なま》りで小声で告げ、櫂を林雲に任せて飛龍が携帯していたシャープス騎兵銃《きへいじゆう》を手もとに引き寄せ、舳先《へさき》に伏《ふ》せた。

玲奈が見ると、無頼漢を乗せた船がレイナ号の行く手を塞《ふさ》いでいた。停泊している帆船の灯《あか》りで待ち人がゲオルグ・オーフルトワテルとドニャ・フランチェスカと知れた。過日の仕返しに来たのか。

「なんの真似《まね》だ、フランチェスカ」

ドン・ミゲルが英語で質《ただ》した。

「許せないわ」

とドニャ・フランチェスカが言い、ゲオルグが腰の革帯からリボルバーを抜いた。

「恥の上塗りになるわよ」

「レイナ、調子に乗り過ぎたわね。バタビアの海に沈めてやるわ」

「できるかしら」

ゲオルグがリボルバーを構えた。

その瞬間、舳先《へさき》に伏せていた飛龍のシャープス騎兵銃が銃声を響かせると、ゲオルグの肩を射抜き、船から海に転落させていた。

「父上、船室に入って伏せて」

玲奈がドン・ミゲルにレイナ号の船室に入るように言うと、革長靴に差し込んでいた小型リボルバーを抜いて、鉄砲や青龍刀《せいりゅうとう》を構えた無頼漢を次々に速射した。飛龍のライフル銃も加わり、相手方の半数が一瞬裡《り》に戦闘不能に陥《おちい》っていた。

茫然《ぼうぜん》としてドニャ・フランチェスカが立ち竦《すく》んでいる。

「ドニャ・フランチェスカ、利口な人ならば二度も同じ間違いは繰り返さないわ。胆《きも》に銘じておくことね」

ドニャ・フランチェスカが罵《のの》り声《ごえ》を上げた。

「ミスター・ゲオルグを水から引き上げないと鮫《さめ》の餌食《えじき》になるわよ」

と玲奈が言い、リボルバーとライフルを突きつけて、レイナ号を待ち伏せしていた船の傍《かたわ》らをすり抜けていった。

長崎に暑い夏が巡ってきていた。そして、なんとも目まぐるしく慌《あわ》ただしい長崎の夏だった。

•

安政《あんせい》の開国により長崎は鎖国時代の特権を失った。

横浜、箱館《はこだて》が長崎に加えて開港したせいだ。

だが、このことは一時的に長崎に活況をもたらした。これまで公《おおやけ》にはオランダ人と唐人のみが長崎人の接する異人だった。ところが欧米列強の貿易商が競い合って長崎に姿を見せたのだ。これまで見たこともない物産の流入が始まり、出島《でじま》に限られていた交易は、居留地貿易の時代に突入していた。

通商条約を締結したイギリスなどの五ヵ国の国籍の者ばかりか、その他の国の異人の数も急に増え、長崎奉行所では的確な対応がなされているとはいえなかった。ともあれ、これまで以上に異郷にいるような雰囲気が長崎に漂っていた。

そして、異人とやりとりすると金になると知り、これまで異人を避けていた長崎近郊の百姓たちまでが栽培した野菜や柑橘《かんきつ》類を異人船まで売りにいく姿が見られた。さらには異人船に小舟で乗り付けた町人が異人たちに先祖伝来の掛け軸やら絵皿などを見せびらかして買わせようとしていた。

だが、商慣習の違いや言葉が通じないための騒ぎが起こり、長崎奉行所は開港以前より忙しさに追いまくられていた。

長崎にとって深刻な事態は金の流出であり、米を始め食料品が高騰《こうとう》し、すべての値が上がったことだった。現在でいうインフレーションだ。

この日、高島了悦《たかしまりようえつ》は小者が差し掛ける日傘《ひがさ》で強い陽射しを避けながら、船大工町《ふなだいくまち》の、

「不老仙菓長崎根本製　福砂屋《ふくさや》」

の看板が掲《かか》げられた南蛮菓子舗《なんばんかしほ》の前をちょうど通りかかった。

「町年寄《まちどしより》、了悦様」

福砂屋の中から声がかかった。

江戸《えど》町惣町乙名《まちそうまちおとな》の椚田太郎次《くぬぎだたろうじ》が福砂屋の店先で番頭の早右衛門《そうえもん》を相手に茶を喫していた。

「暑い盛りにございますよ、ひと休みしていかれませんな」

了悦は足をとめ、首筋を流れる汗を手拭《てぬぐ》いで拭い、福砂屋の店先に入ってきた。店先は陽射しが差し込まないせいで、ひんやりしていた。

「生き返った」

了悦は夏用の莫蓙布団《ござぶとん》を差し出され、上《あ》がり框《がまち》に腰を下ろした。

「了悦様、江戸町南岸の家やら土蔵やらを異人に貸す話ばつけに行かれたところですか」

太郎次が了悦に尋《たず》ねた。

「それたい。開港するちゅうことは出島がいくつも要《い》るちゅうことたいね。奉行所は異人船の港会所を造れとか、南瀬崎《みなみせざき》、梅香崎《うめがさき》、大浦《おおうら》、下り松《さがまつ》の海岸ば埋め立ててくさ、居留地を急いで造れと言いなさるが、事はそう簡単にいかんたい。人手はどうすると、金はだれが出すと」

了悦が太郎次に不満を述べた。

この場にある全員が直面している問題だった。了悦は思わず胸中のいらいらを仲間に吐《は》き出したのだった。

たしかに長崎に到来するイギリスなど五ヵ国の役人や交易商人が、港近くの建物や土蔵を借りようとして賃料が急に値上がりしていた。とはいえ、長崎にオランダ以外の領事館、商社、銀行などが入る既存の建物などない。

異人たちは早急に居留地を用意せよ、さすれば建物は自分たちで建造するというが、居留地の手当もそう簡単なことではない。差し当たり、寺などに寄宿させることでなんとか異人の要求に対応してきた。

「江戸町惣町乙名はどこに行った帰りな」

胸に溜《た》まった憤懣《ふんまん》を吐き出して、すっきりした表情の了悦が太郎次に問い返した。

「異人に売り渡す茶葉の改所《あらためじょ》ばくさ、うまいこと動いちょるかどうか、確かめんと行った帰りですと」

「ご苦労やったね。どげんやったね、製茶改所はくさ」

「こっちも了悦様と同じたい。イギリス人の商人があれこれ注文ばつけてくさ、尻を叩《たた》きなさるたい。一方、異人相手の商いは面倒やと製茶改所の人間が不満ばもらしますもん。開港当初はあれこれと面倒はある、ばってん、こん開港に乗り遅れたら、長崎の明日はなかちゅうて、なんとか宥《なだ》めてきたところですたい」

「いかにもいかにも」

福砂屋の三人娘の末娘が高島了悦に茶菓を運んできた。

長崎者《もん》にとって町年寄の高島了悦は、大名領の殿様以上の威厳と力があった。末娘は緊張して、了悦に差し出した。

「おお、福砂屋さんの娘さんは大きゅうなられましたな」

「あやめにございます」

と挨拶《あいさつ》した娘が了悦に、

「了悦様、尋ねたいことがあるとやが聞いてんよかろうか」

と言い出した。

福砂屋とて長崎の老舗《しにせ》の一軒だ。高島家には幼いころから出入りして、町年寄の爺《じい》様《さま》を承知していた。

「なんな、あやめさん」

「玲奈様はどこにおらすとやろか、藤之助《とうのすけ》様といっしょやろな」

「うちのじゃじゃ馬ん孫とあんた方は親しかったな。玲奈はくさ、今ジャガタラに交易に行っとると。長崎会所《かいしょ》の商いたい」

「了悦様、ジャガタラちゅうたら、お春《はる》さんが流されたジャガタラやろか」

「おお、よう知っとるたい。こん長崎の筑後町《ちくごまち》生まれの春はくさ、父親がニコラス・マリンちゅう異人、母親は長崎者たい。ニコラス・マリンはオランダ人とは名ばかり、真《まこと》はイタリア人や。お春は混血の娘たいね。そげんわけでくさ、春は玲奈と同じ境遇たいね」

「ばってん、玲奈様は気儘《きまま》に異国を走り回っておられますばい」

「それたい。春が生きとった時代は寛永《かんえい》から元禄《げんろく》のことたい、二百年も前のことやろ。異人の血が流れとる、きりしたんやと言いがかりを江戸から付けられてくさ、十五のときにジャガタラに流されたと」

「お父《と》っつぁんが異人ちゅうのはくさ、同じばってん玲奈様は、好き放題に生きとりなさる」

「これ、好き放題なんちそげんことというちゃならんたい。それにくさ、あやめ様、ジャガタラお春と高島玲奈様をいっしょくたにしちゃなりまっせんばい。身分が違いますと」

「番頭さん、そりゃあやめも知っとる。玲奈様といっしょに藤之助様も異人の船より大きな帆船でくさ、ジャガタラに交易に行かれたとやろか」

「ジャガタラは今はバタビアち言うげな。座光寺《ざこうじ》藤之助様は上海におってくさ、長江《ちようこう》見物をしておられると」

「了悦様、嫁の玲奈様ば働かせて、婿《むこ》の藤之助様は呑気《のんき》に長江ちゅうとこを見物たいね」

「おや、あやめさんは、二人が夫婦ち知っとると」

「長崎のだれでんそげんこと知っとるると。藤之助様がこないだくさ、うちに寄られたとき、あやめが直《じか》に聞いたら認められたと」

「腹立たしい話たい。孫の結婚ば他人から知らされるとは世の中逆さまたい」

「あん二人はだれにもひかんもん。了悦様、そりゃ仕方なかろ」

「玲奈はなんでんあけすけたい。あれでよかとやろか」

よかよかとあやめが応じた。苦笑いした了悦が、

「座光寺家がお取潰《とりつぶ》しに遭《お》うてくさ、こんどの交易船団に間に合わんかったとたい」

「ああ、そうやったそうやった。藤之助様は家来衆ば連れてくさ、長崎に立ち寄らしたもん。家来衆が造船場で働いちょろうが。うちにもおきみが働いちょるたい」

「女衆が一人、福砂屋に奉公しとったな。元気でやっちょるね」

「さすがは座光寺家の領民の娘にございますな。おきみは機転が利《き》いてくさ、よう働きますと。なにより物覚えが早《は》やかですばい」

早右衛門が了悦に応じた。

了悦がうんうんと首肯《しゅこう》し、

「造船場でんくさ、岩峰作兵衛《いわみねさくべえ》を筆頭に座光寺家の若い衆十三人が必死になってくさ、船大工《ふなだいく》の技ば磨《みが》いとるたい。なんしろレイナ一世号に一日も早《はよ》う乗り組んでくさ、交易がしたかち熱心やもん。あん中には藤之助様の弟の万次郎《まんじろう》さんもおるたい。あと何年か辛抱したらくさ、よか船大工やら水夫《かこ》になろううち、船大工の棟梁《とうりょう》が太鼓判《たいこばん》ば押しとる」

「レイナ一世号に乗り組むにはくさ、交易も異人の言葉も覚えにゃならんですばい」

「惣町乙名、そいはくさ、婿の藤之助どのやら玲奈が長崎に戻ってから考えてん遅う

はなかろ」

「玲奈様はバタビアからいつ長崎に帰ってこらすと」

「上海の東方交易《とうほうこうえき》からくさ、池田平蔵《いけだへいぞう》がくさ、レイナ一世号とストリーム号の荷次第では、上海で荷下ろししたらその足で長崎から横浜に行くやろちゅうてきたもん。そうなればくさ、藤之助どのも玲奈といっしょに長崎に顔を見せようたい」

「了悦様、いつのことですな」

とあやめが膝《ひざ》を乗り出した。

「こん秋やろ」

「それまで待ちきらん。姉《あね》さん方に知らせちゃろ」

と叫《さけ》んだ末娘が奥へと駆け込んだ。

「了悦様、一回目のくさ、交易の儲《もう》けが気にかかりますばい」

「これまで異人に交易を主導されてきたもん。これからは長崎者が交易の中心になるばい。新開地の横浜やら箱館に負けてたまるもんな」

了悦が自らを鼓舞するように言い切った。

長江のヘダ号とジャンク船は、追いつ追われつその日の夜明け前から夕暮れの刻《とき》ま

の無頼漢を乗せたジャンク船を連れていきたくはなかった。

ヘダ号としては痩西茶公司《そうせいちゃこうし》の製茶工場や茶畑に、茶政庁役人の熔慎双《ようしんそう》や東李孫《とうりそん》一味の無頼漢を乗せたジャンク船を連れていきたくはなかった。

ジャンク船としては茶政庁の権威を振り翳《かざ》してヘダ号に乗り込み、弱みを握りたい一心だった。

「藤之助様、そろそろ、長江の向こう岸に支流が見えてきますばい」

宋堪《そうたん》が舳先にいる藤之助に告げにきた。

「よかろう、今日じゅうに決着をつけようではないか。劉源後見《りゅうげんこうけん》にこのまま長江を遡《さかのぼ》り続けよと伝えてくれ」

「支流の入口に入らんとですな」

「相手に知られたくないでな。支流に入る前に片をつける。それとリンリンと李頓子《りとんし》をここに呼んでくれ」

先行するヘダ号が急に船足を落とした。ためにジャンク船が並びかけてきた。このような駆け引きを幾たびとなく繰り返してきた両船だ。日中、船の往来の多い長江での船戦《ふないくさ》はどちらも避けたかったからだ。

「なんか用な」

と李少年が藤之助に聞いた。

「ジャンク船をもう少しヘダ号に近付かせる工夫はないか」

李少年とリンリンが何事か唐人語で話し合っていたが、上層甲板《かんぱん》に下りると右舷《うげん》からジャンク船に二人して大声で喚《わめ》きかけた。

藤之助には罵《ののし》りの言葉は理解がつかなかったが、悪態を吐《つ》いていることだけは分かった。まだ大人になりきれていない李頓子とリンリンに悪口雑言《あっこうぞうごん》を投げかけられたジャンク船がヘダ号にゆっくりと寄ってきた。

夕暮れが迫り、長江から他の船の姿が消えていた。

ジャンク船がヘダ号に近寄り、並走した。それでも二十数間の距離があった。

リンリンと李少年の悪態が激しくなり、李など自分の尻をジャンク船に向けて晒《さら》すと、ぺんぺんと叩《たた》いて見せた。

ジャンク船がヘダ号へさらに近寄り、二人の悪態に抗するように罵り声が発せられ、両船の間を悪態が飛び交った。

すでに間合《まあい》は八間（約十四・四メートル）に近付き、ジャンク船ではヘダ号に乗り込む態勢が整っていた。

ガタン

ヘダ号の砲門が開き、カロネード砲の砲口が突き出された。八間先に並びかけたジャンク船の横腹に照準を当てたのだ。ヘダ号より一回り大きなジャンク船だ。狙いを外すはずもない。

破壊力を持つカロネード砲を見て、ジャンク船でも慌ててカノン砲の後尾火口に火縄で点火した。だが、仰角が付きすぎていた。

どーん
と凄《すさ》まじい発射音とともにカノン砲から飛び出した砲弾はヘダ号の真上を飛んでいった。

田神助太郎《たがみすけたろう》が落ち着いた声で命じた。

「カロネード砲、発射!」

大きな砲口から六十八ポンド砲弾が凄まじい砲撃音とともに飛び出し、ジャンク船の喫水線上を直撃した。

ジャンク船が大きく揺れ、突然船足が止まった。穴から水が入り込んだせいだ。

その間にヘダ号は船足を速めて、傾きかけたジャンク船を尻目に、長江遡上《そじょう》の航行を続けた。

「ありゃ、ジャンク船は沈むとな」

「宋堪さんが長江の魚の餌《えさ》にしろと言ったのではなかったか」

「劉源さん、言うには言うたばってん、本気とは思うちょらんかった。あやつら、溺《おぼ》れ死ぬとやろか」

「助太郎さんが喫水線上をわざと砲撃させたでな、なんとか岸に乗り上げて命は助かろう」

「そりゃ、よかった。いくら破戒坊主といえども、人殺しの手伝いは気持ちが悪《わろ》かごとある」

「宋堪さん、東方交易は海賊ではございませんでな、商いが本業です。戦いは商いを守るために行われるのです」

「そりゃ、よかった」

宋堪が舳先を見ると、藤之助が三挺鉄砲《さんちょうでつぼう》の覆《おお》いに肱《ひじ》を掛けたまま、月明かりに光る長江の流れを見ていた。

「サムライ・トウノスケな、毛色の変わった和人がおるものや」

水村《みずむら》宋堪の呟《つぶや》く声が劉源らの耳に届き、時松《ときまつ》が声もなく笑った。

二

安徽省梅香山邨《あんきしょうばいこうさんそん》の瘦西茶公司の製茶工場は長江から北に入った支流の一つ、豊かな流れに村落全体が囲まれるような水郷地帯にあった。

この一帯の開拓は東晋《とうしん》(三一七〜四二〇)以降、北から戦乱を逃れて移り住んだ人々によって行われたそうだ。この人々の中には名族や豪族たちがいて、一族を率いて、まず山中に隠れ里をつくって住み始め、子孫らも農耕に従事しながら営々と何代も隠れ里で暮らしてきた。

宋《そう》の都が江南《こうなん》の地に移ったのち、初めて隠れ里をおりて平地で商いを始めたという。勤勉にして刻苦に耐える資質をもった一族はたちまち商いで名を上げた。

扱う品はこの地の風土気候に合った茶葉、墨、木材、塩などであり、明清《みんしん》時代には中国各地に進出した一族は、

「徽州《きしゅう》の商人がなくば市場が立たない」

とまで勤勉さと商売上手を謳《うた》われた。

水村宋堪が、訪ねていく瘦西茶公司の製茶工場の背景について藤之助に話してくれ

た。さらに、

「痩西茶公司の主《あるじ》も先祖を辿《たど》ればたい、北方から来て安徽省の山里に隠れ住んでいた名族の末裔《まつえい》にございますと」

「ということは痩西茶公司の先祖を訪ねていく旅でもあるのか」

「いかにもさようですたい。茶葉がイギリス東インド会社の茶葉密偵《プラント・ハンター》によってくさ、インドに移植されたやろ。それでくさ、中国の茶葉の取引が減ってくさ、値も下がったたい。こりゃ、ジャンク船の連中も痩西茶公司も事情は変わらんたい。そこにくさ、サムライ・トウノスケ様が姿を見せてくさ、茶について知りたいと頭を下げたやろ。まあ、わしの推量ばってん、サムライ・トウノスケ様の東方交易ならたい、信用もできる。痩西茶公司の品ば扱《あつこ》うてくれんやろかと、考えたとやろね。そんでくさ、敢《あ》えて先祖から門外不出にしてきた茶葉の製茶法もくさ、茶畑も見せようと決断なさったんやろ」

宋堪が推測を付け加えた。

「宋堪、それがし、異国相手の交易品の中で、茶がかくも重要なものであると考えもしなかった。そのことに気付かされただけでも、長江遡上の旅に出てきてよかった」

藤之助がしみじみ言った。

「そのためにいささかあちらこちらに立ち寄りすぎて、日にちが思わぬ内に過ぎてしまいましたな」

ヘダ号の水先案内人にして実質的な船長《ふなおさ》を任されてきた劉源が二人の会話に加わった。

「劉源、長江がいかに懐《ふところ》深いものか、知っただけで十分にもとは取り返した。われら、これまでこの国を知らずして上海に拠点を定めてきた。内陸部を旅することで東方交易の商いにも広がりが出てくる。また、それがしはな、この国の茶葉を知ることで、日本の茶葉も交易品に出来ぬかと考えるようになった。日本の茶葉にも中国の茶葉に匹敵《ひってき》するものもあろう。だが、売買され、よく喫されておるのは茶葉の生産地付近だけだ。肥前《ひぜん》の茶葉が江戸の分限者《ぶんげんしゃ》の手に渡ることはあっても、長屋住まいの住人は喫しまい。日本の茶葉とてアメリカ国、フランス国に運べば、飲まれるかもしれぬ。上海に戻ったら長崎会所にこのことをまず報告するつもりだ」

ヘダ号が長江から支流に入った辺りで、操舵場《そうだば》で交わされた会話だった。

瘦西茶公司の製茶工場のある梅香山邨は、古《いにしえ》から伝わる風水《ふうすい》に基づいて家並みが形成されていた。茶畑のある山々を背にして、風の通りがよい水辺が選ばれ、外敵の侵入にも備えが十分になされていた。

梅香山邨の岸辺にある痩西茶公司の製茶工場は、石造りの建物が何棟も並び、清潔な中庭が大事な作業場として設けられていた。また何百年にわたって製茶作業をし続けてきたことを示すかのように、工場の壁にも天井にも茶の芳《かぐわ》しい香りが染みついていた。

製茶工場全体に陽射しがよく、風通しもよい場所に設けられているためになんとも気持ちがいい。

製茶工場の規模は藤之助が想像していた以上に大きく、整備されていた。間違いなく痩西茶公司の所有するなかでも最高の製茶工場と思われた。

藤之助は支配人に面会すると揚州《ようしゅう》の本店から宋堪が持参した主の書状を差し出した。支配人は主からの書状を熟読し、藤之助の顔を正視しながら、

「サムライ・トウノスケ」

と呟いた。

支配人室の壁に見事な書があった。

劉源も初めて接するらしく、書を下から眺《なが》めて長いこと黙読していた。それを見た宋堪が、

「こん書はくさ、唐《とう》の文筆家の陸羽《りくう》のくさ、『茶経《ちゃきょう》』の言葉たい」

揚州の大明寺で修行してきた僧侶だけに宋堪はそれなりの教養があった。
「どのような言葉が書いてあるのだ」
藤之助が宋堪に尋ねた。
「最高の茶葉は韃靼人《だったんひと》の馬の乗り手の長靴のようにしわがありて
大きな去勢牛の胸垂《きょうすい》のごとくたれ曲り
峡谷から立ち昇る霧のように広がり
西風にさざめく湖のように輝き
雨に流されたばかりの土のごとくに湿って柔らかくあるべし」
宋堪が読経声《どきょうごえ》で朗誦《ろうしょう》した。
支配人が微笑《ほほえ》んで、和語で語られる『茶経』の極意を聞いていた。
「ほう、かような詩文にも茶の極意が記されてあるものか」
藤之助はこれまで喉《のど》の渇《かわ》きを癒《いや》すためだけに喫していた茶がそれにとどまらず、奥が深く、ゆえに詩文にまで記されるほど影響力を持ち、また交易品として貴重なものであることに気付かされた。
「藤之助様がくさ、唐人の茶であれ、和人の茶であれ、売り買いしようとくさ、考えるならば、まず茶葉について知らんとならんたい」

「いかにもさようであった」

藤之助は揚州の町に異臭を放ちつつほっつき歩いていた乞食《こじき》坊主の宋堪が、異郷の地に漫然と生きてきたのではないことを知らされていた。そして、その宋堪に支配人が、

「サムライ・トウノスケが希望のところは何処《どこ》であれ、立ち入り、見物することを許します」

と許諾した。

まず案内されたのは中庭だ。

そこには摘《つ》んだばかりの茶葉が籐《とう》の大きなざるに広げられていくつもいくつも天日《てんぴ》干《ぼ》しされていた。

茶葉は山の茶畑から人力と舟で運んでこられたのだ。

なんとも大きなざるの中の茶葉は陽射しにじりじりと照りつけられて、自然の熱を加えられていく。

「こん工程ではくさ、茶葉は動かしちゃならんと。こん夏の陽射しでくさ、半刻《はんとき》（約一時間）から一刻ほど干されるとです」

天日干しされた茶葉は、ざるごと工場に運ばれていった。

そこにはいくつも竈《かまど》がならび、巨大な鉄鍋がかけられてあった。
竈の燃料は石炭《いしずみ》だ。
鉄鍋に茶葉が入れられ、職人が素手で虚空に放り投げて空気に晒《さら》しながら、炒《い》って
いた。その釜炒り作業は勢いよく行われ、絶えず茶葉を動かしていると、茶葉がしん
なりしてくるのが分かった。
「石炭の熱で炒られるやろ、葉の水分が葉の表面に集まってくるとよ。そればくさ、
ほれ、次の工程でくさ、竹片で編まれたすだれの上に広げてくさ、数人の職人が囲ん
でくさ、ほれ、前後に揺らしながら、揉《も》みなさると」
「揉むと茶葉はどう変わるのだ」
「茶葉は揉まれることによってくさ、茶の精油がくさ、葉の表に集まってきよる。ほ
れ、すだれの上に緑の汁が滲《にじ》んできよろうが」
藤之助も劉源も製茶工程を見物するのは初めてのことだった。
このすだれの上で揉まれる工程で摘《つ》まれたときの茶葉のかさは、二割五分ほどに減
ってしまう。
「藤之助様、茶摘みは一日に百三十匁《もんめ》（約五百グラム）ほどの茶葉を摘みますがな、
こん天日干しされたり、釜で炒られたり、手で揉まれたりして、最後はくさ、ほんの

ひと摑《つか》みの茶になると。茶摘みが背に負うた籠の茶葉がくさ、最後は数杯分の茶葉になるわけたい」

「茶の値段が高いわけだ」

藤之助たちは最後に選別の工程を見物した。

熟練した職人らが茶の等級を選《え》り分けて決めるのだ。

「茶の等級はくさ、最高級品からやや品質が劣《おと》る中級品、いちばん劣るごみと呼ばれる下級品に大きく分けられますと。その選別はくさ、茶葉にどれだけ茎《くき》や品質の劣る茶葉が混じっているかで決まりますたい。もちろん、最高の茶葉はたい、新茶の枝の先の芯《しん》（開く前の新芽）とすぐ下の若葉二枚しか摘み取らんと。この摘み方を『一芯二葉摘み』といいますばい。これがよか茶を製茶する決まりたい」

「わが国でも一番摘みというが、この地の茶葉の選別は厳しいな」

「それだけにくさ、唐人の作る最高の茶葉は万金に値するたい」

茶がそれほど貴重な品であったことを藤之助は改めて思い知らされた。

藤之助らは再び支配人室に戻ると、この製茶工場で造られた最高の茶の接待を受けた。

「この茶は龍井《ロンジン》と並び称される上質茶たい。わしも初めての経験ですもん、飲んだこともなか。何年も前に別の製茶工場を訪ねたときはくさ、そこそこの扱いでくさ、そこそこの茶ば飲まされたと。此度《こたび》はくさ、瘦西茶公司もくさ、東方交易に期待をしちょる分、なかなかの接待たいね」

宋堪は茶師が茶を淹《い》れる様子をじいっと眺めながら、待っていた。

藤之助にまず供された。

「頂戴《ちょうだい》いたす」

支配人と茶師に和語で挨拶《あいさつ》した藤之助は日本の茶碗より小ぶりで薄めの茶碗を両手に抱え込むように持ち、まず香りを嗅《か》いだ。

「おお、これは芳しい」

藤之助が思わず洩《も》らした言葉を宋堪が通詞《つうじ》すると、支配人と茶師が大きく首肯し、微笑んだ。

藤之助は古茶をわずかに口に含んだ。すると、まずまろやかな風味が口内に広がり、その風味の中に適当な渋みがあって、喉に落とすと一陣の涼風が体内を吹き抜けたようで爽《さわ》やかな気分になった。

藤之助は、壁に掛けられた陸羽の『茶経』の詩文に視線を預けながら、五感に感じたものを素直に伝えた。

支配人と茶師が満足げな笑みを漏《も》らし、藤之助に言った。

「一芸に秀でた人士の感覚は、うちの茶の味を忽《たちま》ち悟った、と言いよりますばい」

藤之助は会釈すると残った茶をゆっくりと喫した。


瘦西茶公司の製茶工場のある梅香山邨から川舟に乗って半日、さらに半日山道を馬の背に揺られて茶畑へ向かった。

茶畑を訪ねることを許されたのは藤之助、通詞方の水村宋堪、それに護衛方《ごえいかた》として田神助太郎の三人だけだ。

劉源は茶畑訪問を熱望していたが、義足と松葉杖《まつばづえ》では難しいと支配人に止められた。また案内人は舟を下りたところに待っているという。

三人旅に際し、藤之助は長衣の脇下にホイットニービル・ウォーカー四十四口径リボルバーを携帯した。

助太郎は竹籠に藤之助の愛刀の藤源次助真《とうげんじすけざね》と自らの武器としてシャープス騎兵銃一挺と刀を入れ、藤之助が使っていたスミス＆ウエッソン1／2ファースト・イシュー・リボルバーを腰帯に携《たずさ》えていた。

ヘダ号は長江の支流の船着き場に係留されて藤之助らの帰りを待つことにした。むろん留守方の長《おさ》は劉源だ。

摘んだ茶葉を運ぶ小舟の船頭は老人で、絶えず煙草《たばこ》を吹《ふ》かしていた。

宋堪が何事か老船頭と話していたが、

「茶葉が積まれておるときはくさ、煙草を喫《す》うてはいけんたい。それでくさ、帰り船でその分楽しむちゅうております」

と通詞した。

水草が生えた流れを山に向かってさかのぼること半日、夕暮れの刻限に船板が水上に突き出ただけの船着き場に到着した。そこは茶葉を載せるための集落らしく、数軒の家が水辺に集まっているだけだ。

その一軒が宿を兼ねていて、藤之助ら三人は一室に入れられた。板の間に茣蓙《ござ》が敷かれただけの部屋だった。

夕餉《ゆうげ》は水辺に設《しつら》えられた卓で供された。

註文《ちゅうもん》もしなかったが、地酒が甕《かめ》で出てきた。にんまりと笑みを浮かべたのは宋堪だった。

「宋堪さんは酒好きのようですね」

ヘダ号では格別に許しがあったときのみ、一、二杯の酒が供された。だが、宋堪は飲み足りなそうな顔付きだと、助太郎は観察していたのだ。

「わしゃ、これと女でくさ、大明寺ば追い出されたと」

「えっ、宋堪さんは女でしくじりましたか」

「わしとて木の股《また》から生まれたわけじゃなか。ばってん、一夜のしくじりに寺ば追い出されようとは思わんかったと」

と言いながら宋堪は甕の地酒を三つの器に注ぎ足した。

「今宵《こよい》は得心のいくまで飲むことを許す。されど明日二日酔いで動けぬような所業は許さぬ」

藤之助に念を押された宋堪は、

「もう、そう際限《さいげん》のうは飲めんたい」

と嬉《うれ》しそうに応じると、きゅっと二杯目の酒を飲み干した。

「藤之助様、摘んだ茶をなによりも早く製茶工場に運ぶことがよか茶を作るコツたいね。となるとくさ、舟で半日、明日からまた半日かけて茶畑にいくとなると、日にちが掛かり過ぎんね」

「言われてみるといかにもさようだな」

「わしが考えるにたい、茶畑から製茶工場に向かう道がほかにもあるばい」

「とすると、われらは遠回りの道をとらされておるのか」

「痩西茶公司がいくらサムライ・トウノスケを信用したち言うてん、大事なとこは隠しちょろうたい」

「致し方なかろう。われらは揚州に初めて訪ねていった人間じゃ、何百年と門外不出にしてきた茶の秘密のすべてを教えてくれるわけではなかろう。かように茶畑見物を許されただけでもよしとしなければなるまい」

藤之助は痩西茶公司が所有する茶畑の山は一つだけではあるまいと思った。いくつも持つ茶畑の一つの見物を許されたのだ。

三人が酒を飲み終え、夕餉を始めた刻限に若い衆が三頭の馬を引いて宿に姿を見せ、宋堪になにか言った。

「明日の出立《しゅったつ》は七つ半(午前五時)ち言うちょります。差し障《さわ》りがありますな」

「なにもない、万事案内方宜《よろ》しくと言うてくれぬか」

藤之助は助太郎に案内料としてメキシコ銀貨二ドルを渡すように命じた。驚きの表情で受け取った若者がにこりともせず、礼を言った。

翌朝七つ半、約束通りの刻限の、未だ暗いうちに茶畑に向かう馬の旅は出立した。最初の半刻はどこをどう進んでいるのか、藤之助らは分からなかった。だが、夏の朝が明けはじめると、若い衆に引かれた藤之助の馬は岩だらけの山道を進んでいるのが分かった。

左の谷底から朝霧が絶えず湧《わ》きあがっていた。

藤之助の後ろに宋堪が絶えず悲鳴のような言葉で喚《わめ》きながら馬の背にしがみついて、さらに最後に助太郎の馬が従っていた。

藤之助も助太郎も伊那谷《いなだに》の生まれ育ちだ、山道で裸馬に乗ることなど珍しいことではない。だが、宋堪は馬に乗ったことがないのか、ともかく嘆き続けていた。

茶が栽培される場所は険しい山の中腹だ。常に水分を含んだ霧が立ち、水はけがよく、直射日光が当たらない土地が理想の茶畑であるとか。また茶は、他の作物が育たないところで栽培された。

谷底から湧き上る霧が薄れた途端《とたん》、藤之助の背後で宋堪がまた悲鳴を上げた。

「どうした、宋堪」

「藤之助様、た、谷底が見えるばい」

「おお、景色がよいな。茶はかように険しい地で栽培されるか。いよいよ茶に値が付く理由が分かった」

「そ、そげん話ではなかたい、う、馬が足を滑らせたらどうなると」

「何百丈《じょう》も下の流れに真っ逆さまに落ちるだけだ」

「わしゃ、泳げん」

「泳ぐ要はない。谷底に着いたときは死んでおるわ」

「茶葉はこん道を運んでくるとやろか」

「ああ、そう信じるしかあるまい」

四つ（午前十時）の刻限、初めてわずかな平地で馬を下り、休息した。

「腰が痛か」

と嘆く宋堪をよそに助太郎が藤之助に、

「最前から背中がもぞもぞとします」

「たれぞ尾行してくるというか」

「そのようで」

藤之助が向かう先を承知なのは瘦西茶公司の限られた人間だけだ。瘦西茶公司がわざわざ製茶工場と茶畑見物を許した藤之助らに尾行をつけるとも思えない。となるとだれか。

「長江でカロネード砲で孔《あな》を開けられたジャンク船の連中しか思いつく輩《やから》はおりません」

「まあ、よい。なにが狙いか知らぬが、良からぬことを考えると火傷《やけど》を負うだけぞ」

藤之助が洩らした。

三

夏の夕暮れの気配が山中を覆《おお》い始めていた。再び夕霧が薄く山を漂っていく。

藤之助の馬の手綱《たづな》を引く若者が藤之助を振りかえり、何事か告げた。

もう目的地は近いと言ったのか。

藤之助が言葉を理解していないと察した若い衆が行く手に向かって、
くんくん
となにかを嗅《か》ぐ仕草《しぐさ》を見せた。

折から風が吹いてきた。

すると藤之助の鼻孔に馴染《なじ》みの香りが感じられた。それは微風と湿った夕霧に乗って漂ってくる茶の香りだった。

若い案内人が宋堪に大声で言った。

馬の背にへばり付き、くたくたにくたびれていた宋堪も馬方の大声は耳に届いたと見えて、

「藤之助様、山は見えんけんど、茶畑が近いち分かるそうばい。茶の香りが漂ってくるやろ、そげんことを言うておりますばい」

宋堪が弱々しい声で通詞した。

「宋堪、通詞をしなくとも茶の香りは分かる。なんと芳しい香りか。そなた、この香りが分からぬか」

「茶の香りがするち言いなさると。それより腰が痛か、いいや、体じゅうがぎしぎし音ば立ててどもならん。何年も前に訪ねた茶畑は製茶工場の近くにあったと。こげんな山奥ち知らんかった。帰りはどうするとやろか、わしは馬に乗らんばい、歩いて帰る」

「ほう、それもまた一興、仏道修行の一つと思えば何事もなかろう」

宋堪が、あ、い、いたた、と悲鳴を鞍《くら》の上で上げた。馬が山道に突き出た岩を飛び越えたせいだ。

藤之助は宋堪から前方に視線を戻した。

そのとき、西の山の端にかかった光が雲と山並みのせいで加減を変えた。すると霧に覆われていた茶畑がその姿を見せた。

山の斜面全体にうねるように茶畑が連なり、茶の成分を含んだ香りが再び藤之助を包み込んだ。なんとも幸せな気分に満ちた一瞬だった。

黄金色に輝く茶畑の波はどこまでも続き、その中ほどに寺と思《おぼ》しき建物があった。もはや茶摘みの姿は見えなかった。茶畑の麓《ふもと》の村に戻っているのだろう。

藤之助は梅香山邨の製茶工場の支配人の言葉を思い出していた。

「不毛の山頂に張り付くように育った茶の木を丹念に何百年の時をかけて慈《いつく》しみ、育て上げたのは山寺の僧侶、修行僧たちでございました。修行の合間に時を重ねて慈しんだ茶葉が中国の宝となったのです。僧侶たちは売るために茶葉を育てたのではありません、自分たちが飲むために、すなわち厳しい修行を一服の茶で紛《まぎ》らわすために育てたのです。その恩恵を私たちが受けているのです、だからこそ、この茶畑と茶の製法を守り、大事にわれらの子孫に残さねばならないのです。サムライ・トウノスケ様、不毛の僻地《へきち》にある茶葉を直《じか》に見るためにはそれだけの覚悟と難儀がいるのです」

本物の茶畑に向かう苦難を告げた、その言葉の背後には、ただ利を生むだけの交易として茶葉を見てほしくないという思いが察せられた。

藤之助は、信州伊那谷の風景と重ね合わせていた。

座光寺家の領地は表高千四百十三石だ。領民を食べさせるための米は足りない。そこで山の斜面などで雑穀栽培をなして補った、蕎麦《そば》もその一つだった。蕎麦は火山灰地でも育つといわれるが、土壌を改良して食用に適するまでには多くの労働と工夫が要った。ともあれ三月《みつき》余りで収穫できる蕎麦は山吹《やまぶき》陣屋の貴重な食料だった。

(茶が交易に資するならば蕎麦も交易の品になろうか)

貧寒とした伊那谷でなにが採れるか、そんなことを考えていると山道が茶畑の間に入り、だらだらとした下り坂になった。

茶摘みたちが一日に何度も往来するのか、茶畑の間の小道はしっかり踏み固められていた。

「やれやれ、郷《さと》に着いたばい」

宋堪が安堵《あんど》の声を上げた。

藤之助は三頭目の馬にまたがった田神助太郎が山道と茶畑の間にある小さな峠で止まり、尾行者を確認しているのを見た。だが、尾行者の姿は見えないのか、助太郎はだく足で藤之助ら一行に追いついてきた。

「なんばしとったと、助太郎さん」

「われらが歩いてきた山道を振り返っていたのです」

「そげんことしてなんの役に立つな。帰りにまた見られようもん」

「いかにもさようでした」

とあっさりと答えた助太郎が、

「宋堪さん、なんとも景色のよい旅にございましたな」

「なんば言うちょると、胆《きも》ば冷やしどおしの馬旅たい。こげんことは初めてばい」

「そうか、坊さんが馬に乗るなどございませんか」

「乞食坊主は歩きたい。ばってんこげん山中は好かん」

にべもなく宋堪が吐き捨てた。そして、茶畑を見回し、

「よか茶葉は韃靼人の馬乗りにごたる長革靴のしわたい
大きかタネなし胸垂れのごと曲がってくさ
谷底から昇る霧んごと広がってくさ
西風にさざめいた湖面のごと輝いて
雨で流された土んごと、湿って柔らかくあるたい」

と自棄《やけ》になったか、陸羽の『茶経』をいい加減な言葉に変えて謡《うた》い上げた。

助太郎は宋堪が摑《つか》みどころのない坊さん崩れだと聞き流し、

「今宵の宿はどこでございましょうな」

と尋ねた。

「あん山寺じゃなかろうかね、寺じゃあくさ、酒はでんやろね」

己に言い聞かせるように宋堪が言った。

藤之助は山寺からなにか武術の稽古《けいこ》をなすような気合が響いてきたのに気付いていた。

山門《さんもん》下に馬三頭が止まり、藤之助は鞍から飛び降りた。石段上の山門に一礼すると、石段を駆け上がった。

庭で修行僧が二十人ばかり、七尺（約二百十センチ）余の棒をもって武術の稽古に励《はげ》んでいた。二人が相《あい》対して激しく堅木の棒を打ち合わせ、飛び下がり、また踏み込んで稽古する様《さま》は実戦さながらだった。

そんな激しい棒術の稽古を壮年の僧侶が指導していた。

藤之助は合掌《がっしょう》すると、見物させてくれと無言で願った。

山門も本堂も宿坊も古いがしっかりとした造りで、茶葉の売買がこの寺の台所を潤《うるお》していることを教えていた。

馬方の若者が壮年の僧侶のもとに挨拶《あいさつ》に行き、梅香山邨製茶工場の支配人の言付けを伝えた。すると僧侶が藤之助を見て、手招きした。

藤之助が歩み寄ると、何事か告げたが理解できなかった。すると腰を摩《さす》りながら、宋堪が姿を見せて通詞をした。

「藤之助様、宿はここげな。そんでくさ、夕餉前にひと汗流さんね、と言うとります」

「ひと汗流せとは棒術の稽古をせよということか」

「風呂じゃなかろ」

宋堪が問返し、やっぱり武術の稽古げな、と藤之助に答えた。

かような山中の寺では武術鍛錬《たんれん》も仏道修行の一環か。茶で台所が豊かな寺にも山賊のごとき連中が姿を見せるのだろうか。

「お願いしよう」

藤之助が願うと、指導の僧侶が本堂下にある七尺余の棒を指した。

藤之助はかなり重い堅木の七尺棒を両手にして軽く振ってみた。手に馴染《なじ》んでぴたりと収まった。

その様子を指導する壮年の僧侶が見ていた。

藤之助は修行僧らの動きに合わせて独り動いた。山道を一日馬の背に揺られて固まっていた筋肉がだんだんとほぐれていくのが分かった。それがなにより嬉《うれ》しかった。

藤之助の動きが滑《なめ》らかになったとき、指導する僧侶が棒を手に藤之助に向き合った。稽古の相手をしようというつもりか。

動きを止めた藤之助は一礼し、師弟の礼を尽くした。

二人は改めて向き合い、動き始めた。

藤之助は稽古の動きに一連の流れがあることを察していた。ために師の動きに合わせることができた。

二本の棒が絡《から》み、離れ、突き、外し、再び打ち合い、時に互いが飛び下がり、踏み込み、二人の動きが連動して攻防の時をつくった。

藤之助は体が自然に動き出すのを感じていた。大胆に踏み込み、七尺の棒を突き出し、間合いを外し、攻め込んだ。

二人の棒の動きは何年も稽古したそれのように流れて濃密な戦いの間《ま》を生じさせた。

師の僧侶が虚空に飛んだ。

藤之助も宙に舞い、二つの棒が虚空で打ち合わされ、そして、二人は交差するように地面に飛び下りて、

くるり
と向き合った。

僧侶がにっこりと微笑んだ。そして稽古の終わりを告げた。いつしか茶畑にある山寺は濁った残照《ざんしょう》に包まれていた。

動きを止めた藤之助の鼻孔に茶の香りが匂《にお》ってきた。

なんとも芳しい香りだった。

師匠の僧侶が宋堪を通詞とみたか、呼んで何事か告げた。

「藤之助様、和人と見抜いておりますばい」

「いくらなりを変えたとて和人が唐人に変わるわけではあるまい。いかにもそれがし、元徳川《とくがわ》幕府の臣であった座光寺藤之助と申す、ただ今上海にて東方交易なる商いをなしている人間にござる。本日は茶畑を見物に参ったが、思いがけなくも棒術の指導をして頂き、悦《よろこ》びに堪《た》えない。厚くお礼を申す、と通詞してくれぬか」

藤之助の言葉を宋堪が通訳した。すると指導方の僧侶が宋堪になにかを言い返した。

藤之助は言葉が分からなかったが、僧侶が言わんとする意を解した。

和国の武士なれば、武術を披露しろと命じているのだ。

藤之助は田神助太郎を呼ぶと、藤源次助真《とうげんじすけざね》を持ってこさせた。旅で汚れた長衣の腰に座光寺領を出る折、父が持たせた一剣を差し落とし、立ったまましばらく瞑想《めいそう》した。

棒術の稽古に弾《はず》んだ息はもはや平静に戻っていた。

両眼《りようまなこ》を見開いた藤之助は助真をゆっくりと抜くと、茶畑の向こうの山並みに向かい、正眼に構えた。そして、深呼吸を一つ二つなした後、ゆっくりと助真を振り上げていった。

師匠の片桐朝和神無斎《かたぎりあさたかじんむさい》が座光寺一族に伝える戦国往来の武術の基本は、実に簡単にして難解な教えだった。

伊那谷の岩場に立ち、一万余尺の赤石岳《あかいしだけ》を望み、前を流れる天竜川《てんりゆうがわ》の流れと向き合い、胆力を練るのだ。だが、その信濃一傳流《しなのいちでんりゆう》独特の教えによって、壮大な剣術の構えが創られた。

師の片桐朝和は、

「流れを呑《の》め、山を圧せよ」

と気概を門弟に叩き込んだ。

藤之助の構えた助真が上段から頭上に高々と振り上げられたとき、僧院の修行僧の間から驚きの声が上がった。

藤之助の六尺余の体が周りの雄大な景色を圧するように大きく感じられたからだ。威風堂々とした構えは盤石《ばんじゃく》に見えた。だが、この構えから信濃一傳流は、

「太刀風迅速《じんそく》果敢に打ち込め、一の太刀が効かずば二の太刀を、二の太刀が無益なれば三の太刀へと繋《つな》げよ」

と大きな構えで相手を圧倒し、ひたすら迅速に打ち込むだけの愚直な剣を教えた。

棒術の指導の僧が宋堪になにか告げ、

「それだけかと言うておりますばい」

と宋堪が困惑の体《てい》で藤之助に通詞した。また指導の僧が言い足した。

「いかにも構えは大きい。されど相手は不動の自然ではない。生身の鍛え上げられた戦士相手にはいかんともし難かろう」

との疑問の言葉だった。

にっこりと笑った藤之助が、

「若い僧侶方に棒術のお相手を願う」

と宋堪に伝えた。そして、藤之助は藤源次助真を助太郎に渡し、その代わり最前借り受けていた七尺棒を再び手にした。

「相手はだれでんよかと」

「お弟子衆全員と立ち合いたい」

「な、なんば言われると。若かか坊さんは二十人はおられるとよ」

「無駄な言葉を吐くでない」

藤之助の言葉が通詞されると修行僧の間にざわめきが起こった。そのざわめきには、

「棒術を甘く見るでない」

という静かな憤怒《ふんぬ》と反感の情が込められてあった。

「最前の構えについて一言述べたい。あれは信濃一傳流を学び始めた者が最初に教えられ、終生学び続けるものにござる。だが、そなた方が疑問を持つように実戦の技はいかなるものか疑われるのは至極当然だ。あの大きな構えから相手を内懐《うちぶところ》に引き寄せ、迅速に、踏み込んでくる敵対者の脳天に振り下ろすという技なのだ。すなわち二の手への工夫がない」

藤之助の説明を宋堪が通詞すると得心の首肯が返ってきた。

「そこでそれがし、自ら独創の技を編み出した。わが故郷には天竜川なる流れがあり、遠く海へと注いでおる。大雨を湛《たた》えた激流が岩場にぶつかり、四方八方に飛ぶ様《さま》

を見て、それがし、独創の技を考えた。その天竜暴《あば》れ水《みず》と称する工夫を披露するためにそなた方の力を借り受けたいのだ。決して棒術を蔑《さげす》んでおるのではない」

宋堪が説明する間に、藤之助は二十人の修行僧の真ん中に位置をとった。何人かの修行僧が宋堪を囲んで問い質《ただ》した。

「藤之助様、本気で打ちかかってよかかと聞いちょるばい」

「本気で願おう、武術において力を抜いて稽古するぐらい危険なものはない」

宋堪の言葉を聞いた修行僧たちが口々に短く叫んで七尺棒を構え直した。

藤之助は、

おうっ

と暮れなずむ空に気合を発した。

相手の本気を誘い出すための気合だった。

修行僧たちが七尺棒をそれぞれ得意の構えに移した。

藤之助は七尺棒を小脇に抱えて、無言で斜め後方に飛んだ。

おおおっ！

先手を打たれた修行僧らの口から驚きの声が洩れ、それでも一人が眼前に飛び下がってきた藤之助の背を七尺棒で鋭く突いた。だが、突いたと思った直前、その姿は掻《か》き消えて、棒の先端は空《むな》しくも虚空を突いていた。

藤之助は横手に飛び、小脇に抱えた棒が目まぐるしくも軽やかに突き出され、叩かれ、払われ、相手の七尺棒を弾きながら縦横無尽に飛び回り、元の位置に戻って動きを止めた。

そのとき、修行僧全員が地面に転がって呻《うめ》いていた。

からからから

と指導の僧侶の口から笑い声が起こった。

藤之助は笑いの主に一礼すると火を点《つ》けた線香一本を借りたいと願った。さらに七尺の棒を助真に替えた。

その間に体のあちらこちらを叩かれ、突かれた修行僧たちが立ち上がり、戦いの場から下がった。それらの顔には悔《くや》しさが滲《にじ》み出ていた。

線香がたちまち用意され、藤之助はその線香を、

「地面の真ん中に立てよ」

と宋堪に命じた。

「これでよかかな」

宋堪が線香を地面に立て、藤之助が無言で頷《うなず》いた。

煙が静かに夕まぐれの山寺の境内に立ち昇っていく。

藤之助は鞘《さや》に納めた助真を腰に改めて落ち着かせた。

「信濃一傳流奥傳正舞《おうでんせいまい》四手従踊《じゅうよう》八手」

と呟いた藤之助が再び助真を抜いて両手に構え、線香の周りをゆるゆると動き始めた。

それは最前までの豪気で迅速な動きとはまるで異なるものだった。

指導の僧侶も修行僧らも食い入るように藤之助の動きを凝視《ぎょうし》していた。

長衣の裾《すそ》がひらひらと動いて線香の火を煽《あお》ったが、煙はただ真っ直ぐ立ち昇っていた。

藤之助は異郷の地で、それも茶畑の中にある山寺での武術修行に触発されて、信濃一傳流の奥義十二手の形を舞っていた。

その動きは神韻縹緲《しんいんひょうびょう》として異国の僧侶たちを驚かすに十分なものだった。

藤之助の優美な動きには全く遅滞が感じられず、剣と長衣の裾が線香の煙の周りを舞い踊ったが、煙は変わらずに毫《ごう》も戦《そよ》ぐことはなかった。

その瞬間《とき》、山寺は神秘な空間と変わっていた。見物のだれもが声を発せず、異人がもたらした剣術の妙に見惚《みと》れていた。

藤之助が片桐朝和から直《じか》に教わった流儀の奥傳を異郷の山寺で披露し終えた。息を殺した静寂が、

ふうっ

という溜息《ためいき》で壊れた。

棒術の指導僧が短くも感想を述べた。

「なんとも美しい動きと言うておりますばい」

宋堪の通詞が終わるか終わらぬ内に弟子の一人から新たな言葉が上がった。

「おまえの武術には緩急二つの動きあり、見事な技じゃと褒《ほ》めとりますばい」

「師の名を聞いてくれ」

宋堪が問い、指導の総領《そうりよう》が答えた。

「昆光晋《こんこうしん》さんは山寺の副住職じゃと」

藤之助は田神助太郎を呼び、竹籠に入れて運んできたメキシコ銀貨二百ドルを逗留《とうりゅう》費《ひ》として寄進した。昆副住職が合掌して素直に受け取ってくれた。

「いつまでもこの寺に逗留してくれと願うておりますばい」

「われらがこの地に滞在を許された日にちは十余日にござろう。ともあれ、逗留の許しを得て、有難《ありがた》く存ずる」

藤之助の応ずる声が山寺の薄闇に響いた。

・

四

安徽省の茶旗山瑯蘭寺《ちゃきさんろうらんじ》での藤之助ら一行の滞在の日々は短く、瞬《また》く間に過ぎ去っていく。だが、濃密な修行と勉学の日々は、座光寺藤之助に思いがけないほどの刺激と体験を与えてくれた。

藤之助らは寺の宿坊二つを与えられ、その宿坊に藤之助と助太郎が入った。一方、水村宋堪が揚州大明寺の修行僧であったことを知った副住職の昆光晋は、瑯蘭寺にあるときは僧侶と同じ暮らしを続けよと命じて、藤之助らから宋堪を引き離し、修行僧らと同じ日課を命じた。

宋堪はそのとき、えっ、と驚きの表情を見せて藤之助に援《たす》けを求めた。だが、藤之助は宋堪のためにも、また藤之助のためにも宋堪と離れて過ごすことはよいことだと直感し、

「宋堪、仏が今一度そなたの生き方を問うておられるのだ。二十数年の揚州での生活を問い直してみよ」

と命じて、昆副住職の考えに賛同した。

その二人の問答を昆がじいっと観察し、得心の笑みを藤之助に送った。

愕然《がくぜん》とした宋堪は、その場で藤之助らから引き離され、寺の裏手にある石清水《いわしみず》で身を清められると修行僧らと同じ濃黄色の僧衣を着せられた。それは後に宋堪から知らされて分かったことだ。

「わしゃ、また坊主の暮らしに戻ると思うとたい、腰から力が抜けたと。またくさ、瑯蘭寺の修行のきつかとはくさ、大明寺の比じゃなかと」

と泣き言を言った。それもこれも茶旗山逗留《とうりゅう》が終わったあとの話だ。

藤之助は宋堪が傍らからいなくなったあと、昆に伴われて瑯蘭寺の住職楢寿鎮《ゆうじゅちん》に面会した。楢は百年の時を重ねているような白髭《しろひげ》の老師で、歯が一本もない口をもごもごさせて藤之助に問うた。

むろん楢老師の発する言葉を理解したわけではない。だが、藤之助はなぜこの山寺に来たか、と問われていると察し、老師の傍らの机を指して、

「硯《すずり》と筆をお借りしたい」

と和語と手の仕草《しぐさ》で願った。

頷く老師に昆が一枚の紙を用意し、筆と水を注いだだけの硯を貸し与えてくれた。

墨は添えてない。水筆で紙に書けというのか。藤之助は、まず試しに、

「和国信濃伊那谷住人座光寺藤之助」

と記してみた。

穂先に水だけを浸《ひた》した筆でも筆先がなぞったところが濡れると、文字が浮かび十分に読めた。なんとも不思議な文房具だった。

昆副住職が老師にさらに問うた。その表情から藤之助が記した文字を読み取り、出《しゅっ》自《じ》と姓名を表すことと理解したようだ。昆が、最後の三文字を指し、どう発音するのかと問うた。藤之助は自らの胸を手で指し、

「トウノスケ」

と声にして繰り返した。

「トウノスケ」

昆副住職が発音して老師に教えた。さらに昆は、老師に長々となにごとかを説明した。寺に到着したあとの藤之助のとった行動を説明しているのだと推測がついた。

歯のない口をもごもごと動かし、老師が藤之助に質した。

藤之助は寺に訪れた、

「目的」

を問われていると察して、再び筆を紙に向けた。すると不思議なことに最前水筆で記した文字は消えて、手漉《てす》きの紙はもとの茶色がかった白紙に戻っていた。

水に秘密があるのか、それとも紙か筆になにか秘められた力があるのか。紙などふんだんに使えない山寺の修行僧が字を習うにはなんとも便利な文房具と感心した藤之助は、

「来寺如何」

と記して、

「茶葉為也就学、棒術乞伝授」

と認《したた》めてみた。藤之助には漢文の素養はない、上海に滞在する間に目で覚えたものだった。ゆえに正しいとは思えなかったが、老師が文字づらで理解したか、さらに尋ねた。そこで問いを推量し、こう書いた。

「茶葉資交易也為、私欲利欲不為、万人向上也為」

と一行にして認めた。

檜老師が藤之助に寺逗留の許しを与えた。なぜか老師の発する言葉が以心伝心に藤之助に伝わってきた。

「有《あ》り難《がた》く存じ候」

昆副住職は藤之助が寄進したメキシコ銀貨二百ドルを老師に差し出した。老師はとぼけた顔で頷き、
「好きなだけおられよ」
と昆と同じ言葉を重ねて告げたように思えた。

茶旗山鄒蘭寺の朝は早い。八つ半（午前三時）に修行僧は目覚めると本堂に籠《こも》り、読経が始まった。

藤之助と助太郎はその気配を察し、本堂にそれぞれ一剣を携《たずさ》えて向かった。本堂下の石畳《いしだたみ》に座して結跏趺坐《けっかふざ》すると読経の声を聞きながら瞑想に入った。

四半刻《しはんとき》（約三十分）余り、座禅を解いた藤之助と助太郎は、本堂から離れ、山門の内側の庭へと移動した。そこは棒術の稽古が行われていた場所だ。

七尺棒を借り受けると、昨夕眼に焼き付けた修行僧の動きを見倣《みなら》い、二人だけの稽古を始めた。最初は互いの動きがかみ合わず、途中で動きが中断した。だが、本堂から聞こえてくる読経に合わせ、だんだんと滑らかな棒使いとなり、身のこなし、飛躍、着地、転回も流れになってきた。

その二人の稽古を回廊の一角から楢老師が見ていた。

だが、棒術に熱中する藤之助も助太郎も気付かなかった。それは老師に敵対心がなく、山寺の空気に同化して生きているからだろう。

二人の稽古は読経の終わりとともに果てた。

その後、修行僧は寺の内外の掃除にかかった。

藤之助も助太郎も庭掃除に加わり、棒術の道場である庭を丁寧《ていねい》に清めた。

銅鑼《どら》が鳴り、庫裏《くり》に移った修行僧らと一緒に藤之助らは朝餉《あさげ》の茶粥《ちゃがゆ》を食した。茶の香りが口内に広がり、米粒と茶の成分が溶け合って滋味《じみ》と甘味が感じられた。

朝餉が終わったとき、昆副住職と宋堪が藤之助のところに来た。

「この後、茶摘みに行くげな、一緒に行くかと昆副住職が尋ねとられますたい」

「ぜひ手伝わせてくれと願ってくれ」

「えっ、見物じゃなかと」

「そなた、客と思うておるか」

「藤之助様、わしはくさ、坊主をやめたと思うたら、また坊主に引き戻されたと。なんやら気持ちが片付かんたい」

「苦労は買うてでもせよと俗世間でも申すではないか。仏道修行をなしたそなたにはよき機会ではないか、何事も率先して動け」

と命ずる藤之助に昆が頷いて見せた。

茶畑まで山寺から四半刻の道のりがあった。

山寺の四周は茶畑に囲まれていた。だが、その朝、摘まれる茶畑は霧が漂い残る、緩《ゆる》やかにうねる谷間にあり、すでに里人たちが働いていた。女も子どもも年寄りもいた。

みずみずしい潤《うるお》いの緑の茶畑は定期的に剪定《せんてい》されていると見え、人が茶葉を摘みやすい高さに仕立てられていた。そんな茶の畝《うね》が谷間の起伏に沿って連なり、霧で霞《かす》んだ山の峰まで続く光景は、清々《すがすが》しくも壮観の一語だった。

そんな茶畑に摘み手が背中に楊《やなぎ》で編まれた籠《かご》を負い、茶葉を律動的な動きで摘んでいく。

藤之助はこの茶畑がこの界隈《かいわい》でも最高の茶葉を産するのだと確信した。

三人の訪問者を昆が呼び寄せ、手元の茶の新芽の芯（開く前の葉）を見せて、先端の芯とその下二枚目までの葉を摘《つ》むことを自ら実践し、藤之助にやってみよと命じた。

「一芯二葉」

と梅香山邨の製茶工場で教えられた最高級の茶葉の摘み取り方法だ。

藤之助が芯とその下の葉の二枚目までを摘み取り、昆に、

「これでよいか」

と見せると、昆が頷き、藤之助が摘んだ茶葉二枚を手の中で揉み、茶葉から成分が出てきたのを嗅《か》がせた。

なんとも不思議な香りだった。

藤之助らも茶摘み作業に加わった。だが、芯と下の葉の二枚目までを摘み取る作業は繊細な注意と根気が要り、なかなか三人の楊籠は茶葉で埋らなかった。

茶葉を入れた楊籠を一杯にした里人や修行僧らは、急ぎ茶畑の一角に待つ男衆に渡し、大籠に移された茶葉は馬の背で製茶工場に運ばれていった。

昼餉《ひるげ》の刻限、水村宋堪が、

「読経座禅より茶摘みはきつかばい、藤之助様、もう茶畑は十分に見たでっしょうもん。そろそろ山ば下りんね」

と泣き言を洩らした。

「われらが摘んだ茶葉は三人合わせても、里人や修行僧の半分にも満たないではないか。どのようなことでもそれなりの時が教えてくれることがあろう。それがし、この

茶畑が気に入った」

「い、いつまでここにおると、わしゃ、死ぬばい」

「死ねば、この茶畑がそなたの墓所となる。これほどの美しい墓所があろうか」

藤之助に言われて、宋堪は愕然と肩を落とした。

夕刻前、茶畑から戻る宋堪はふらふらしていた。山道を上がるときは助太郎に腰を押されてようよう足を運んでいた。

寺に戻り着いた宋堪は野天道場の片隅に崩れ落ちた。

昆の掛け声で棒術の稽古が始まった。

この日、助太郎を呼んで相手をしたのは昆であった。

一方、藤之助は修行僧に混じり、同じ動きで相手を務めた。

未明、助太郎と動きの復習をしていたので、藤之助も助太郎もなんとか棒術の稽古に付いていけた。また修行僧らもすでに藤之助の実力は承知していたから、特別な扱いはせず、茶摘み作業で強張《こわば》った筋肉を解《ほぐ》すように飛び回り、打合いをしつつ体を動かした。

そんな日々が緩やかに繰り返された。

助太郎が藤之助に報告した。

「山寺の周りをうろつく怪しげな者がおります」

「大方、揚州の東なる茶問屋の旦那《だんな》が差し向けたジャンク船の熔慎双一統ではないか。あやつらをこの茶旗山瑯蘭寺に連れてきたのはわれらがしくじりであった。このまま見逃して揚州に帰すわけにはいかぬ。茶畑にはそれぞれ栽培法や製茶法で秘密があるというでな。またあやつらが阿茶《あちゃ》なるまがいものの茶を闇市場に流して巨額の富を得ることは許されぬ」

「昆副住職に伝えずともようございますか」

「すでに承知しておられるわ」

藤之助が言い切ったものだ。

茶旗山瑯蘭寺に滞在して八日目。

輿《こし》に乗った楢老師が茶畑の作業を見にきた。昼休みの刻限、老師が藤之助を呼び、傍らに座らせた。

老師の手には例の不思議な紙と筆があり、里の女衆が差し出した白湯に筆先をつけて、藤之助にも分かるように漢字で綴《つづ》り、見せた。

藤之助は何度も文字を咀嚼《そしやく》するように読み砕き、頷くと次の文字を記した。そんな二人だけの文字会話が続けられた。

老師は、

「茶の効用を最初に見つけたのは、ガウタマ・シッダールタである。若きシッダールタは修行の旅に出て、山を放浪する最中、瞑想した。その内、修行の疲れに、ついうとうとと不覚にも眠りに落ちた。シッダールタは一瞬の眠りが悟達《ごたつ》を妨げたと怒りに駆られて、まつ毛を抜いて風に飛ばした。するとまつ毛が落ちた場所から慎《つつ》ましやかな花がついた灌木《かんぼく》が生えてきた。その葉の裏を見ると、細い銀色の毛が生えていて、まつ毛とよく似ていた。それが茶の木である。再び修行の道に戻ったシッダールタは、悟りを開いて仏陀《ぶつだ》となった。仏陀は弟子たちに修行の合間に飲むに相応《ふさわ》しい飲み物を残したのだ。弟子たちはそれを飲むと心に平穏が訪れ、眼が覚めて頭がすっきりして、集中心が蘇《よみがえ》った。これが茶の木の由来だ」

藤之助に根気よく茶の由来を説明し、茶と仏道修行者が切っても切れない縁であることを教えてくれた。

すでに昼下りの作業は始まっていた。

だが、老師は藤之助との問答を続けた。おそらく藤之助らがこの地を去る日が近いと悟っていたからだろう。

歯が一本もない白髭の老師がぼそぼそと呟く言葉がいぶかしくも藤之助には理解がついた。

「また茶葉を湯に入れ、その効能を引き出したのは神農《しんのう》皇帝だ」

中国の神話に登場する四千年以上も前の皇帝だ。その神農がつやつやした茶葉を湯に入れて茶を喫した最初の人物と老師が言った。そして、

「茶葉は元気を蘇らせ、疲れを忘れさせる。されど」

老師が細い手を差し伸べて水村宋堪の作業風景を指した。

「いくらシッダールタが悟りを開いた茶であっても、神農皇帝が見つけた淹《い》れ方の茶でもあの人物には効かぬ。悟りに辿《たど》りつけぬあの者を、そなたはどうするのだ」

「老師様、人にはそれぞれ進むべき道がございましょう。それがし、一族の主を望んだことなどございません。小さな領地の下士であることで満足しておりました。ですが、一つの天変地異がそれがしの運命を変えたのでございます」

と言いながら、白紙に、

「吾也主殺」

と認《したた》め、安政《あんせい》の大地震に始まる己《おのれ》の運命の転変を文字と言葉で老師に語り続けた。

そして、視線を宋堪に転じ、

「あの者は僧侶として悟達の願いは叶《かな》えられませんでした。ですが、交易船団の一員としてなにか働き場所があるかと考えております」

と藤之助が語り終えたとき、楢老師が大きく頷いた。


それから三日後に藤之助一行は茶旗山瑯蘭寺に別れを告げて、梅香山邨の製茶工場を経て、長江を下り、揚州に立ち寄り、上海への帰路に就くことにした。

その未明、藤之助が楢老師と昆副住職に別れの挨拶に伺《うかが》うと、老師は古い壺《つぼ》に入った茶一荷を土産として藤之助に与えた。

往路と同じく山道に三頭の馬を連ねて、同じ若い馬方が藤之助の手綱を引いて先頭に立って進んだ。

夏の陽射しがじりじりと照り付け始めた頃合い、山道の向こうに怪しげな殺気を藤之助は感じた。

「助太郎」

「畏《かしこ》まりました」

と即答した助太郎が馬の鞍《くら》に下げた竹籠から藤源次助真を取り出して、前方を行く藤之助に差し出した。

「なにがあると」

宋堪が聞いた。

「揚州の茶政庁の熔慎双一味がわれらの行く手に待ち受けておるのじゃ」

「なにち言いなさると。あやつら、こげん山奥まで来たと。相手は何人な」

「あの気配じゃと、ジャンク船の手下ではなく新手に変えて二、三十人はおりそうじゃな」

鞍上《あんじょう》から小手を翳《かざ》して気配を窺《うかが》った藤之助が答え、命じた。

「宋堪、次の峠で馬を止めさせよ」

「馬ば止めてどげんすると、相手は多勢《たぜい》にこっちは無勢《ぶぜい》ばい」

「そうとも言い切れぬ」

宋堪が若い馬方に藤之助の言葉を通詞した。

山道が蛇行し、小さな峠に差しかかり、藤之助がひらりと鞍から飛び降りて、熔一味が待ち伏せしている切通しを見下ろした。

助太郎も宋堪も従い、馬方が馬を従えて背後に下がった。

切り立った岩壁の間を抜ける切通しの、川側の岩場から銃を手にした面々が姿を見せた。予測したとおり、熔が頭分の一味だった。

一方、切通しを挟んで山側はさらに高い岩場で、藤之助らの眼には、岩場の上に巨岩が積まれているのが見えた。

切通しを抜ける以外、道はなかった。

藤之助はその岩場の頂きを見て、熔に視線を戻した。

「三挺鉄砲に撃たれた肩は大事ないか」

と叫ぶ藤之助の言葉を宋堪が通詞し、

「かすり傷じゃ」

という熔の声が返ってきた。

「毒入りの緑茶に代わり、阿片《あへん》まぶしの茶など製造し、販売することは許されぬ。ましてそなたは清国の茶政庁の役人ではないか、取締りの役目を忘れ、利についたか」

宋堪の通詞に熔がせせら笑いで応じた。

藤之助が藤源次助真を腰に差し、襟口《えりくち》から脇下に吊《つ》るしたホイットニービル・ウォーカー四十四口径を抜くと、二十数間先の切通しになっている右手の岩壁上に立つ熔を見た。未だ狙いを付ける気はない。

一方、熔一味は一斉《いっせい》に銃を構えて峠上の藤之助らに狙いをつけた。そして、撃ち急いだ手下《てか》数人が放った銃弾が藤之助の頭上を飛び去っていった。だが、藤之助は銃口を下げたまま構えようともしなかった。

「こりゃ、どもならん。藤之助様、あんた、死にたかと。どげんしても死なんならんとなら茶畑がよか」

宋堪が慌てふためいて、朝出てきた茶旗山瑯蘭寺に向かって徒歩で逃げだした。

脅《おど》しのための一連射が終わった後、藤之助はホイットニービル・ウォーカー四十四口径リボルバーを半身《はんみ》の構えで突き出した。

熔慎双も切通しに立ち上がり、ライフル銃で藤之助に狙いを付けた。

この間合《まあい》は短銃よりライフル銃が断然有利だった。

藤之助のリボルバーの銃口が熔の胸から離れて虚空へと上がり、左の切通しの岩壁からさらにその上へとそそり立つ巨岩に向けて発射された。

「うーむ」

といった表情で熔が一瞬狙いを外した。

その瞬間、山道を圧するばかりの轟音《ごうおん》が響き渡った。

切通しを見下ろす岩場から無数の木材や岩がいきなり視界を閉ざすように、
がらがらがら
と不気味な音を立てて落下してきた。

その光景の意味に気付いた熔がなにか叫んだ。

茶旗山瑯蘭寺では茶畑に密かに潜入する茶葉密偵《プラント・ハンター》を食い止めるために、予防の策を講じていたのだ。

熔の手下たちが慌てて銃を捨てて切通しの岩壁の岩場から上に逃れようとした。だが、膨大《ぼうだい》な岩や木材が一気に切通しを飛び越えて川側の岩場上を襲来した。それはなんとも膨大な数の岩で、切通しにいた熔一味を押し潰し、さらに谷底へと墜落させていった。

だが、ライフル銃を手にした熔は生き残り、藤之助に狙いを付けた。

藤之助のホイットニービル・ウォーカー四十四口径リボルバーの引き金が再度絞られ、一発の銃弾が、茶旗山の茶畑の在《あ》り処《か》を知った熔の胸を射抜いて、谷底へと落下させた。

雪崩《なだ》れ落ちてきた岩の轟音が熔の絶叫とともに消えた。

静寂が戻ったとき、巨岩の消えた岩場の頂きに、昆副住職や修行僧らが姿を見せて、手を振って別れの挨拶をした。

「さらばでござる」

藤之助は頂きを仰《あお》ぎ見て一礼すると峠から切通しへと下り始めて、助太郎と若い馬方が馬三頭を引いて従った。

「待ってくれんね、わしも連れていってくれんね。こげん山中で独り残されちゃかなわんたい」

宋堪の悲鳴が山道に木霊《こだま》した。

第五章　日の丸の旗

一

ヘダ号は黄浦江《ホワンプーチヤン》の合流部が遠くに霞《かす》んで見えてくるところまで長江《ちようこう》を下ってきた。

いつしか季節は夏から秋に移り、刻限は夕暮れに近かった。

藤之助《とうのすけ》はいつものように舳先《へさき》に立ち、三挺鉄砲《さんちようでつぽう》の覆《おお》いに肱《ひじ》を突いて長衣の裾《すそ》を風に靡《なび》かせていた。

長江遡行《そこう》は中流域に差しかかるところが到達点になった。それ以上遡《さかのぼ》るのは日数的に無理があった。長江は旅人にそう簡単に全貌を見せることはしなかった。そして、藤之助も長江を知るには年余の歳月がかかることを思い知らされていた。

もはやレイナ一世号とストリーム号が上海《シャンハイ》に戻ってくる時期に差しかかっていた。また井伊直弼《いいなおすけ》との約定《やくじょう》もあった。

「再見長江。さらばでござる」

この一語を残して舳先《へさき》を下流へと向け直したのだ。

安徽省《あんき》と湖北省《こほく》の省境の九江《きゅうこう》までの遡上《そじょう》でよしとして、引き返してきたのだ。

長江下流の両岸の水田栽培の米は稲穂が黄金色に染まり、穂先が垂れ始めていた。

どんどんどーん

と行く手で空砲が鳴った。

黄浦江《ホワンプーチャン》に新たな交易船が入港してくる合図だった。

(まさかレイナ一世号、ストリーム号の帰港ではあるまいな)

藤之助は頭にそのことを思い浮かべたが、それほどヘダ号と軌を一にするはずはあるまいと考え直した。

上層甲板《かんぱん》でわんわん、とクロの吠《ほ》え声がした。クロの居た村は長江分流付近の左岸内陸部の小邨《しょうそん》であった。クロは匂《にお》いで故郷を感じとったのか。

操舵場《そうだば》から田神助太郎《たがみすけたろう》の声が響いた。

「上海黄浦江合流部接近、後檣《こうしょう》縮帆《しゅくはん》!」

船衣の佐々木万之助《ささきまんのすけ》らがするすると縄梯子《なわばしご》を上がり、縮帆作業に移った。その動きは機敏で無駄《むだ》がなく、一連の共同作業で縦帆が巻き上げられ、桁《けた》に結ばれていった。

「補助帆縮帆！」

と続いて号令が響き、万之助らは後檣から補助帆の縮帆作業に移った。

肉眼でも合流部が見えてきた。

夕闇の中、東シナ海から長江を遡上してくる帆船はなかった。

主帆《しゅはん》に微風を受けたヘダ号は長江の流れに乗ってゆっくりと下っていた。

「面舵《おもかじ》」

劉源《りゅうげん》の落ち着いた和語の命《めい》が続いて、ヘダ号は長江から黄浦江へと入っていった。

さらに船足が落ちて、狭くなった川幅の黄浦江を慌《あわ》ただしく行き交う大小の船の動きに操舵場の注意が向けられた。

「主帆、縮帆用意！」

最後の縮帆作業の命が助太郎から発せられた。むろん船長代理の劉源の意を受けてのことだ。

藤之助は長江遡上の操船をすべて劉源に委《ゆだ》ねた。ヘダ号のような洋式帆船の操船をどこまでこなすか、確かめるためだった。

劉源は最初の数日こそ戸惑った様子だったが、たちまちジャンク船とは異なる操帆操舵を覚えた。そのことを確かめた藤之助は、操船を劉源に全く任せてきた。帆がすべて畳《たた》まれ、後藤時松《ごとうときまつ》らの組が上層甲板に下りてくると、そのまま下層砲甲板に姿を消していく気配があった。

引き船が近づいてきてヘダ号の舳先に立つ藤之助に綱の先端が投げ上げられた。虚空で綱を摑《つか》んだ藤之助がヘダ号の先端に結び付けた。

櫂《かい》を揃《そろ》えた引き船がエイヤ、エイヤと声を揃えて引き始め、ヘダ号は黄浦江のゆったりとした流れに逆らって上海の外灘《バンド》へと向かい始めた。

藤之助は視線を黄浦江に戻し、最後の揚州《ようしゅう》再訪を思い出していた。

下層砲甲板には痩西茶公司《そうせいちゃこうし》から譲り受けた中国各地の緑茶や紅茶が積み込まれていた。いずれも中級品以上のもので、東方交易と痩西茶公司の今後の付き合いを示す品だった。

藤之助は揚州の痩西茶公司を製茶工場と茶畑を見学した報告と礼を兼ねて訪ねたのだ。すると与名知《よめいち》支配人が初めて奥の主《あるじ》の住居に案内してくれた。

店からは想像もできないほどの大きな庭園があって、庭石と樹木の間に水が流れ、泉水には蓮《はす》の葉が青々と茂っていた。

瘦西茶公司の主、延順風《えんじゅんぷう》は四十七、八歳と思え、福々しい顔は艶々《つやつや》して笑みを湛《たた》え、藤之助を迎えた。

「サムライ・トウノスケ様、長江の旅はいかがにございましたな」

なんと見事な和語を延は話した。それだけ和国との交流があるのであろう。

「お陰様でこちらの製茶工場も茶旗《ちゃき》山瑯蘭寺《さんろうらんじ》の茶畑も見物させて頂くことが出来ました。主様と支配人どのの配慮に感謝しており申す」

「瑯蘭寺にはだいぶ逗留《とうりゅう》なされたようですな」

「いえ、それがしにとっては短い逗留にございました。楢寿鎮《ゆうじゅちん》老師や昆《こん》副住職からもう少し教えを乞《こ》いとうございました」

「その言葉の様子では、胸襟《きょうきん》を開いて話し合えたのですな」

与支配人が藤之助に聞いた。

「老師とは筆談でございましたがあれこれと教えを乞いました。また昆副住職には棒術の手ほどきを受けて得《え》難《がた》い経験をしました」

それはなにより、と答えた延が、

「船旅ではなんの差し障《さわ》りもございませんでしたかな」

と船旅の難儀を問うた。

「茶政庁《ちゃせいちょう》の役人熔慎双《ようしんそう》なる人物が乗ったジャンク船に二度ほど襲われましたが、こちらには大した被害はございませんでした」

長江での二度にわたる船戦《ふないくさ》の模様を克明に告げた。

「サムライ・トウノスケ様は黒蛇頭《くろじゃとう》の老陳《ろうちん》すら手古摺《てこず》らせた武人、それを見境もなく襲うとはなんたる浅慮」

と延が言い、

「熔の背後で焚《た》きつける人物がおりますでな」

と複雑な顔をした。

「東李孫《とうりそん》なる揚州《ようしゅう》商人ですね」

「おや、すでにそのことも承知でしたか。で、二度の船戦の後は何事もございませんでしたかな」

「いえ、茶旗山まで熔一味が押しかけて参りました」

「えっ、長江ばかりか茶旗山まで、それはいささか不味《まず》い事態ですぞ」

と支配人が慌てた。

「支配人さん、このお方です。そのままに放置して揚州まで奴らを連れ戻ったとも思えません。どうでございますな、サムライ・トウノスケ様」

藤之助は茶旗山から戻る途中の、切通しでの待ち伏せと熔一味の結末を二人に語り聞かせた。

「ふむふむ、それでだれ一人として生きて揚州に戻った者はいないのですな」

「そうですね、岩崩れで谷底が埋ってしまうほどの岩が転がって来ましたので、あの岩崩れから逃れられるなんてありえますまい。そのことはしかと確かめてございます。ともあれ切通し下の深い谷底に熔一味は新たな墓所を設けて埋れております。だれにも見付けられる場所ではありません。阿茶《あちゃ》などを製造し売り出そうとする一味の用心棒らには勿体《もったい》ない死に場所でした」

「そこまで考えて始末して頂きましたか、さすがはサムライ・トウノスケ様」

「いえ、昆副住職方が阿吽《あうん》の呼吸でわれらを助けて下さいましたので。それがしはなにも手を下しておりません」

「支配人さん、聞かれたか。うちにあれこれと難題を吹きかけてきた茶政庁の熔慎双はもはやこの世にはいない」

「東李孫の旦那《だんな》も熔の後釜を捜《さが》すのが大変でしょうな」

与支配人の言葉に延順風が満足げに頷《うなず》いた。そして、

「別れに際し、楢老師はなにかそなたに持たされませんでしたか」

と尋《たず》ねた。

藤之助は持参した布包みを解《ほど》くと古壺《こつぼ》の茶を二人に見せた。

おおっ、と二人が同時に驚きの声を上げた。そして、延が古壺を手にすると仔細《しさい》に壺の底や、壺に張られた古びた紙片の文字を調べていた。長い歳月に文字は薄れていたが読めないわけではなかった。だが、達筆過ぎて古人の筆跡を藤之助は読み解くことは出来なかった。

「トウノスケ様、この茶の価値をご存じか」

と与支配人が尋ねた。

「いえ、茶旗山の茶葉でかなり昔に摘まれた古茶とは存じますが、それ以上のことは知りませぬ」

「この一荷で揚州にかなり大きな屋敷が購《あがな》えましょうな。それほど貴重で最高級の上茶にございますよ。うちの蔵にもほんの数荷あるだけの貴重な茶葉です。楢老師がそなたの人柄を認めた証《あかし》です」

と延が説明してくれた。

この古茶を藤之助が老師から頂戴《ちょうだい》したと知った瘦西茶公司の主従は、東方交易《とうほうこうえき》が望むなら、茶葉をいつなりとも提供すると申し出てくれた。

そこで藤之助は、長江遡行に持参してきたメキシコ・ドル銀貨の残金すべてで買える茶葉を購入し、ヘダ号に積んできたのだった。

この一事はこれから定期的に痩西茶公司と東方交易との取引が始まることを意味していた。


時松らが再び上層甲板に飛び出してきた。

長江遡行の船旅を終えて、彼らはまた一段と逞《たくま》しくなっていた。もはや講武所候補生のひよっこ侍などと呼べないほど、一人前の船人としての面魂《つらだましい》を各自が備え、挙措《きよそ》にも自信が溢《あふ》れていた。

藤之助が振り向くと、上層甲板は綺麗《きれい》に片付けられ、佐々木万之助以下十八人の若者たちがヘダ号の入港時に着用する正装にて、シャープス騎兵銃《きへいじゅう》を手に両舷《りょうげん》に等間隔に並んでいるのだ。

「黄浦江河港接近、舵《かじ》、戻せ！」

劉源の言葉がヘダ号に響きわたり、懐かしい黄浦江の外灘が見えてきた。

旅塵《りょじん》にまみれた旅衣を着替えた藤之助は停泊するティー・クリッパーやオピウム・クリッパーの船影のなかにレイナ一世号とストリーム号の優美な船体を認めていた。

「劉源、助太郎、万之助、すでにわれらが交易船団は上海に帰着しておるぞ」

藤之助の言葉に万之助が、

わあっ！

と一瞬歓声を上げたが整列をだれ一人として乱すことはなかった。万之助らは再会の昂奮《こうふん》を抑える術《すべ》をすでに身につけていた。この旅でさらに一段と成長していた。

その代わり、李頓子《りとんし》とリンリンとクロが競い合って舳先に上がってきた。そして、雀《すずめ》が飛んでヘダ号の舳先の先端に泊まった。

ヘダ号はティー・クリッパーの間を抜けて、並んで停泊するレイナ一世号とストリーム号の間に入っていき、レイナ一世号の右舷《うげん》に接舷《せつげん》するように停止した。

藤之助は脇下の革鞘《ホルダー》からホイットニービル・ウォーカー四十四口径を抜くと、水面に向けて一発撃った。するとそれが合図のようにレイナ一世号から鼓笛隊《こてきたい》の調べが起こった。

すでにヘダ号の帰着を、長江と黄浦江の合流部の監視所が見つけて、合図を送っていたのだ。最前、

ドンドーン

と響いた空砲はヘダ号の帰着を知らせる合図だったのだ。

藤之助はリボルバーを片手にレイナ一世号の喫水を見た。かなり喫水線が上がっているのは未《いま》だ荷を積んでいる証拠だった。

「藤之助」

と懐かしい呼び声がした。

「玲奈《れいな》、元気のようだな」

一年ぶりの玲奈との対面だった。南洋の陽射しに灼《や》かれて浅い小麦色の肌に変わっていた。

「上がってらっしゃい」

レイナ一世号から簡易階段《タラップ》がヘダ号左舷《さげん》甲板に降ろされていた。

後藤時松らがタラップを揺れないように摑《つか》み、

「藤之助様」

と声を張り上げた。

藤之助はリンリンを見て、それがしといっしょに来よ、と命じた。

リンリンは命じられた言葉は分かったが、なぜ自分だけがと迷っていた。

「そなたが玲奈との面会を案じておるのは承知じゃ、それがしといっしょに行こうぞ」

藤之助の言葉を李頓子が唐人の言葉に通詞《つうじ》して、リンリンの背を押した。

舳先から飛び降りた藤之助とリンリンは、藤之助を先頭にしてタラップを駆け上がっていった。

ひらり
と舷側《げんそく》を飛び越えた藤之助はリンリンに手を差し伸べ、レイナ一世号の甲板へと上げた。

鼓笛隊が調べを操舵室下の上層甲板で演奏していた。

藤之助の様子をじいっと見詰《みつ》めていた玲奈が、ゆっくりと二人のもとに歩み寄り、二人をひしと抱き締めた。

その間にストリーム号からも船長の孫呉権《そんごけん》、水夫頭《かこがしら》の杜全昌《とぜんしょう》ら乗組員がレイナ一世号に乗り移ってきて、レイナ一世号の警護隊に混じり、整列した。

「藤之助、この娘があなたの命の恩人のようね」

「玲奈、いかにもさようだ。リンリンという名だ。そなたからも礼を述べてくれ」

リンリンの手を握った玲奈が唐人の言葉で礼を述べた。

リンリンはどう答えてよいか分からないようで、身を竦《すく》めていた。

「リンリン、玲奈は見かけほど怖くはないでな、何事も案ずるな」

「あら、私は見かけが怖いの」

「ああ、怖いな」

と言い合った二人は抱擁《ほうよう》した、長い口づけだった。すると甲板の床を銃床がこつこつと叩《たた》く音が始まった。

藤之助が玲奈の唇《くちびる》から離れ、上層甲板を見た。

レイナ一世号の甲板中央に警護隊隊長の古舘光忠《ふるたちみつただ》が立ち、右舷側に二隻《せき》の交易船団の乗り組みの面々が整列していた。

藤之助は操舵室を見上げた。

黄武尊大人《こうぶそんたいじん》、滝口冶平《たきぐちじへい》船長、内藤東三郎《ないとうとうざぶろう》副船長、篠原秦三郎《しのはらしんざぶろう》、高小魯航海方《こうしょうろこうかいかた》ら幹部が元気な顔を揃えて、藤之助を見下ろしていた。

「黄大人、ご一統、ご苦労にござった」

とまず藤之助が初めての異国交易を労《ねぎら》った。

「コマンダンテの身にあれこれと降りかかったそうな」

「いささか油断をなした」

「藤之助の傍《そば》には私がいないとだめなのよ、大人」

「いかにもさようでございますな」

と応じた黄大人の高笑いが響いた。

玲奈が藤之助の断髪した髪に手を突っ込み、掻《か》き回した。

「いつ着いたのだ」

「藤之助たちより半日早いだけよ。だけど荷役《にやく》の手配がつかなくて今日はなにもできなかったの」

藤之助は玲奈にもう一度口づけすると警護隊への閲兵《えつぺい》を始めようとした。するとそこへ田神助太郎がタラップを上がってきて、藤之助に藤源次助真《とうげんじすけざね》を差し出した。

「おお、素手では格好もつかぬな」

「髷《まげ》なしの藤之助も悪くはないわ」

玲奈が藤之助の頭をまた触った。

さらに縄梯子を伝って停船作業を終えた佐々木万之助ら十八人がレイナ一世号に乗船してきた。そして、右舷側のレイナ一世号の警護隊と向き合うようにシャープス騎兵銃を腰の傍《かたわ》らに立て、左舷側に整列した。

「待て、しばし」

藤之助は操舵室下まで歩み寄ると、着替えた長衣の腰に藤源次助真を差し込んだ。

すると警護隊隊長の古舘光忠が、自らの剣を抜くと刃《やいば》を夕暮れの光の中に立て、

「東方交易所属の交易船団レイナ一世号、ストリーム号総員閲兵、コマンダンテに捧げつつ！」

と凜々《りり》しくも声を張り上げた。

いったん止まっていた鼓笛隊が調べを奏し始めた。

藤之助はおよそ一年ぶりの懐かしい顔を閲兵していった。

内村猪《うちむらい》ノ助《すけ》がいた。宗田与助《そうだよすけ》、百次《ももじ》、林雲《りんうん》、飛龍《ひりゅう》ら懐かしい面々と目顔で挨拶《あいさつ》し、無言で藤之助は一人ひとりの航海を労った。どの顔も長い航海と大事な交易を無事に終えた自信に溢《あふ》れていた。

最後は船大工《ふなだいく》の上田寅吉《うえだとらきち》、炊《かし》き方《かた》の文吉《ぶんきち》とも挨拶を終えた。

一段と鼓笛隊の調べが高鳴り、終わった。

「東方交易の初めての交易航海、ご苦労であった。またそれがし不在で皆にその分苦労をかけた。ただ今そなたら一人ひとりの元気な顔を見て、交易が大成功裡《り》に終えたことを確信致した。よう各自が務めを果たしたことにコマンダンテとして礼を述べる」

と再会の挨拶を為《な》した藤之助が、

「今宵《こよい》はなんぞ予定があるか」

と傍らの玲奈に尋ねたものだ。

「もちろん。私たちは初めての交易から無事に戻ってこられたのよ。でも、これは終わりではない、始まりに過ぎないわ」

と一同に向かって和語、唐人語で述べ、

「今宵は無礼講の宴《うたげ》を催《もよお》すわ」

と高らかに宣言した。すると、
わあっ！

という歓声がレイナ一世号の上層甲板に響きわたり、玲奈が藤之助の手をとって踊り出すと、鼓笛隊の調べが緩やかな踊りの調べへと変わった。

「私のいない上海はどう」

「退屈はせぬが、面白うない」

「今宵は退屈もさせなければ、寝ることも許さないわ」

「仰《おお》せに従おうか、レディー・レイナ」

「サムライ・トウノスケ、許す」

玲奈の口が藤之助の口を塞《ふさ》いだ。

二

その夜、レイナ一世号にストリーム号、ヘダ号と傭船《ようせん》のパタニ船の乗り組みの全員が集まり、東方交易の葛里布《かつりふ》支配人ら雇員《こいん》も乗船してきて、第一回目の交易が大過なく行われ、上海に帰港できたことを祝う内々の宴が催された。

食べ物、飲み物は南国から買い求めてきた物もふんだんに供され、無礼講の一夜にだれもが痛飲し、好き放題に食べた。

初めての交易航海に同行したドン・ファンはヘダ号で長江遡行に同行したクロと最初は睨《にら》み合っていたが、藤之助と玲奈が二匹の犬をそれぞれ抱いて引き合わせ、

「よいこと、ドン・ファン、クロはおまえの主様《あるじ》を助けてくれた犬なのよ。家族なの。分かった」

と言い聞かせると、くんくんと匂《にお》いを嗅《か》ぎ合い、そのうち、甲板上でじゃれ合って遊び始めた。

長い航海からこうして全員が戻って再会したのだ。

大きな事故もなく帰港したことはなによりも悦《よろこ》ばしいことだった。

藤之助は全員に劉源、リンリン、水村宋堪《みずむらそうたん》をそれぞれ紹介し、東方交易の一員になったことを告げた。

この中で劉源の出自《しゅつじ》を承知なのは黄武尊だけだった。

劉源のほうから黄武尊に挨拶をなした。

「ようも老陳がそなたを手放したな」

劉源が義足の足を見せ、

「この足を代償《だいしょう》に黒蛇頭を抜けたつもりでおりましたが、それなりの犠牲を支払わされました。最後は老陳と藤之助様がさしで話し合い、私がこちらに厄介《やっかい》になることになったのです。黄大人、お許し願えますか」

劉源の言葉に藤之助が言い足した。

「黄大人、老陳も老いたということです。ゆえに腹心の呉満全《ごまんぜん》の謀反《むほん》を引き起こすことになった。まずヘダ号の若い万之助らが呉一味に囚《とら》われ、それを救出に行ったそれがしが、囚われの身になった。そして、最後は黒蛇頭と東方交易が手を結んで呉満全一味を滅ぼした。この一年、上海でもいろいろなことが起こりました」

「老陳の力の衰えは闇社会の力関係が大きく変わることを意味しますな。われら東方交易としても、この変化を見逃しにはできませんぞ」

「いかにもさようです。明日から東方交易の次なる章が始まります」

「新しい章には、この黄武尊はもはや最前線では参加致しますまい。老陳同様に老兵は消え去るときがきたようです」

「黄大人、此度《こたび》の航海に大人に加わって頂いたことを、改めてお礼を申し上げ、お詫《わ》び申します。大人は東方交易の礎《いしずえ》をきちんと築かれ、われらに指針を示された。次はそれがしが汗を掻く番にございます」

藤之助の言葉に頷いた黄武尊が、

「長崎にいったん戻り、その先のことは静かに考えたい」

と藤之助と玲奈に告げた。

この夜、レイナ一世号の宴は夜半過ぎまで続いた。

それぞれの船に戻っていき、レイナ一世号の上層主甲板に藤之助と玲奈だけが残った。

「藤之助、船室に行く」

「しばしレイナ一世号の甲板から上海の夜景を見ていたい。この一年余、長くもあり、短くもあった」

「私はいつも傍らに藤之助がいたらとばかり考えていたわ」

その言葉に頷いた藤之助が、

「玲奈、父御《ててご》のドン・ミゲル様と会うことが出来たか」

と懸案のことを初めて尋ねた。

「会えたわ」

玲奈が藤之助の胸に身を寄せてきて、藤之助は両腕に抱き締めると、

「よかったな」

としみじみ呟《つぶや》いた。

「父はマラッカ海峡のモレック・アイランドというところに土地の貧しい住民たちに医療を行う診療所を設けて、さらに、診療所に来られない人々のもとには診療船で訪ねていく無償《むしょう》の医業を行っていたわ」

「さすがに玲奈の父親かな、そのようなことをだれが考える」

「父もあなたに会いたがっていたわ」

「来年にも会えよう」

「あなたがソト家の伝来のクレイモア剣に相応《ふさわ》しい武人と知って、なにより喜んでくれたの」

上層主甲板に足音がした。

振り向くと滝口治平船長が最後の見回りに出てきた姿だった。

「船長、あまり言葉を交わす時がなかった。此度の大役、ようも務めてくれた。ご苦労であった」

「藤之助様、かような機会を頂けたのは、それがしにとってなにより幸運な出来事にございました。レイナ一世号などわれら和人にとって夢のまた夢の帆船にございます。大海原を南に向かって航海するとき、順風なれば貴婦人のような気高い帆船にございます。されどいったん潮流など複雑な海峡に入るとへそを曲げて、なかなかこちらのいうことを聞いてくれません」

「船主のどなたかに似たのではないか」

「あら、船主のどなたかとはだれのこと」

さあてのう、と玲奈の問いに恍《とぼ》ける藤之助に滝口船長が、

「そのことはともあれ、だれよりも早く指揮する機会を得たのはお二人のお蔭《かげ》です。改めてお礼を申します」

「ようもかように扱い難いクリッパーの操船を飲み込んでくれたものよ」

藤之助が真面目《まじめ》な語調で応えたものだ。

「玲奈様とも黄大人とも帰り途《みち》、話し合ってきたことですが、海が意外にも平穏であ

ったことがなによりわれらの航海の成功の因《もと》にございましょう。これが一度目の航海から荒れ海だったとしたら、上海に戻りつくことが出来たかどうか。大嵐に遭《お》うたとき、このクリッパーがどのような反応を見せるのか、怖いような楽しみなような」

と苦笑いし、

「ともあれ得難い経験であったな」

と藤之助が答えていた。

「次なる交易はコマンダンテに搭乗して頂いての航海、いくらかそれがしも余裕が持てます」

と滝口が笑った。その笑いの中に一回目の交易航海を成功させた安堵《あんど》と自信とが窺《うかが》えた。

「長崎、横浜への航海は藤之助様もごいっしょされますな」

「参る」

「それを聞いて安心致しました、お休みなされ」

滝口船長がレイナ一世号の船首部へと船長自らの夜廻《よまわ》りに向かった。

玲奈の船室はレイナ一世号の中でもいちばん豪奢《ごうしゃ》な部屋だった。その部屋にクレイモア剣が飾ってあった。

「そなた、この剣を航海に携帯したか」

「東方交易に預けてあったでしょ。今朝《けさ》、平蔵《へいぞう》に命じて持ってこさせたの。なぜクレイモア剣をあなたの代わりに持参しなかったか。帰路に考え付いたことよ」

「クレイモア剣はレイナ一世号の護《まも》り剣《けん》か」

そういうこと、と言った玲奈が薄紫色のドレスを脱ぎ棄《す》てた。下着姿の玲奈が、

「私の護り刀は座光寺《ざこうじ》藤之助よ、一年余の空白を埋めて頂戴《ちょうだい》」

と願い、藤之助も長衣を脱ぎ、脇下の革鞘《ホルダー》ごとリボルバーを外して、玲奈の体を抱きかかえると寝台に二人して倒れ込んだ。

翌日から東方交易の交易船団レイナ一世号とストリーム号、それに傭船のパタニ船の荷役が始まった。

まずは上海にてすべて荷下ろしするパタニ船から始まった。荷役人足らが荷船でパタニ船の両舷に取りつき、ストリーム号の孫呉権船長が指揮してハンス・奸《カン》、飛龍、林雲ら唐人と和人が混成で荷役作業を行った。むろんヘダ号の田神助太郎、佐々木万之助らも加わっていた。

パタニ船の荷は東方交易の倉庫へと次々に運ばれていった。それらの品は主に綿製品であり、アラビカ種のコーヒー豆であり、カカオ豆であり、海産物、香辛料、薬草の類《たぐい》だった。

その作業を篠原秦三郎、劉源、古舘光忠が監督し、なにか問題が生じると即座に注意を与えた。

レイナ一世号では座光寺藤之助、高島《たかしま》玲奈、黄武尊、葛里布支配人、池田《いけだ》平蔵副支配人ら東方交易の幹部がまず船倉に積まれた膨大《ぼうだい》な交易品を整理するところからこの日の作業を始めた。

バタビアで荷積みされたとき、上海で下ろされる荷を上層の船倉に積み込んでいたので、船倉単位での作業を進めることが出来た。だが、帰路、立ち寄ったサイゴン、ダナン、交趾《コーチ》、香港《ホンコン》で積み込んだ香辛料、陶磁器などもあり、交易品は多種多彩、膨大な品が積まれて、葛支配人や池田平蔵副支配人らを驚かせた。

「こりゃ、三隻の荷下ろしにどれだけ日数がかかるやろか」

「まず十日から十五日で上海にて積み下ろしを終わり、出来るなれば即刻長崎、横浜に出船したいのですがな。長崎の了悦《りょうえつ》様からも横浜の魯桃《ろとう》大人からも何度も催促《さいそく》が来ておりますばい」

と池田平蔵が言い、藤之助が頷いた。

「玲奈、最下層の船倉にはなにが積まれておる」

「主にイギリス東インド会社が集めてくれた大砲、砲弾、火薬類に葡萄酒《ぶどうしゅ》など重いものよ」

大砲は二十四ポンド砲を主に三十二ポンド砲、十二ポンド小型砲、六十八ポンドカロネード砲が混じっていた。さらにそれに付随《ふずい》した砲架《ほうか》の見本と設計図、さらには球形砲弾の他に鎖弾《くさりだん》、散弾、布で数個を包んだ、異人の船乗りが葡萄弾と呼ぶ砲弾まで購入されていた。

鎖弾とは鎖でつながれた砲弾で撃ち出されたのち、砲弾が二つに分かれ、半円になった砲弾ふたつは鎖でつながれ、それが敵方の船の帆を裂き、装具を破壊した。散弾は円筒形の砲弾の中に鉄玉を詰め込んだものだ。さらに葡萄弾は小型砲弾を包み込んで砲撃し、破壊孔《こう》を複数にする狙いがあった。

「大砲は何門購入できた、玲奈」

「百七十門の砲身がレイナ一世号の下層船倉に並んでいるわ、大半が未使用、使用していた砲身も手入れがきちんとされている。百七十もの砲身が並ぶ様《さま》は壮観よ。砲弾は油を塗られて錆止《さびど》めがしてあるわ。この数に見合う火薬樽もきちんと並んでいる」

「藤之助どの、ストリーム号にも三十門ほど軽砲が積まれておりますのでな、なかなかの品揃えにございますぞ」

「黄大人、すべて和国向けじゃな」

「和国の国土と領民を守る道具になってほしいと考えて荷積みしております、コマンダンテ」

「鉄砲類は書類にしてあるわ。和人に合わせて短銃身のライフル銃を選んだわ。スナイドル銃、エンフィールド銃、カラビイン銃、ミニエー銃など数が揃ったものばかりよ、この数に見合う銃弾と手入の装具も付いている。ともかくレイナ一世号、ストリーム号の品物と書類とを突き合わせるだけで今日中には終わりそうにはないわ」

「数日はかかるな」

「藤之助様、上海で下ろした分、レイナ一世号とストリーム号に積み込む荷が倉庫にございます」

と池田平蔵が口を挟《はさ》んだ。

「ともかく急ぎ点検をしていこう」

この日、レイナ一世号の船倉の品物を整理し、上海で下ろす交易品に印をつけていくだけで終わった。それほど多彩多岐にわたる品があった。

夕暮れ前、レイナ一世号の操舵室下の船室に幹部連が集まった。

大きな円卓には高価な品が並べられていた。

ヨーロッパの陶磁器、金銀細工、絵画、薬品類、医療器具、航海用具、時計類、測量器械、医学書、書物・地図、照明用具など、鎖国が終わったばかりで新たなる国造りに邁進《まいしん》せねばならない日本が必要とするものばかりだった。

「なんとも壮観だな」

「藤之助、これは見本の品よ。螺子《ねじ》巻《まき》時計だけでも大小五百は越えていると思うわ」

「玲奈様、上海と長崎と横浜で売れるやろか」

あまりの膨大な品に池田平蔵がいささか不安になったか、洩《も》らした。

「平蔵、この程度の量と品で驚いていたら異国との交易なんてできないわ。まず私たちがこうして運んできた品々を求める地に運び、適当な値で売る。そして、次の航海に向けて仕度《したく》をする。遊んでいる暇はないわ」

玲奈の言葉に頷いた藤之助が、

「そなたらが交易に出たあと、それがしは日本に帰り、取潰《とりつぶ》しに遭《あ》ったわが座光寺一族の江戸詰めの者を領地の山吹《やまぶき》陣屋に引き連れていったあと、一族の十四人を供にして長崎に戻った。この中には一人、娘が混じっておったがこのおきみを福砂屋《ふくさや》に奉公させ、男たちは造船場で仕事をさせておる。この次の交易に岩峰作兵衛《いわみねさくべえ》らが加わるやも知れぬ」

と話をこの一年余の自らの行動について展開させた。

「藤之助、二隻体制の長期交易ではまだまだ人数が足りないわ。座光寺一族が加わるのは大賛成よ」

玲奈の言葉に頷いた藤之助が、

「玲奈、長崎から上海に戻る折、唐人の抜け荷船に乗せてもろうてきたのだ」

「あなたの文《ふみ》でそれは承知よ。蚤《のみ》と虱《しらみ》だらけで上海に戻ったそうね。その時、上海にいなくてよかったわ」

「致し方あるまい、あれしか方策はなかったのだからな。おお、そうじゃ、玲奈、その折、伴った楠木三郎次《くすのきさぶろうじ》と会うたか」

「ロイヤル・ホスピタルでジェームズ・ワトソン博士の片腕と言われる若い医師ね」

「長崎の三好彦馬《みよしひこま》先生の門弟だ。次の航海から楠木三郎次をレイナ一世号に乗せる。両船で乗組員が二百人を超えるのだ、医師が乗船していたほうが安心であろう」

「藤之助様、それはよか考えばってん、ワトソン博士がくさ、楠木先生の治療の技ばくさ、高う買うてくさ、難しい手術の助手は三郎次先生やもん。博士が手放しなさろうか」

「馬鹿をいうでない。楠木三郎次はわが交易船団の医師として上海に連れて参ったのだ。ロイヤル・ホスピタルがなんと言おうと次から三郎次をレイナ一世号に乗船させる。おお、そうだ、上海にいる間に船大工の上田寅吉に命じて、楠木三郎次の診療室となる部屋を新たに設けさせよ」

藤之助の言葉は直《す》ぐに上田寅吉に伝えられ、寅吉自身が船室に顔を見せた。

「上田寅吉、ヘダ号とはいささか勝手が違おうな」

「比較にもなりません。ヘダ号はヘダ号なりのよさがございましたが、このレイナ一世号はまるで巨大なじゃじゃ馬でございましてな、滝口船長はよう御して操船されたと思います」

「昨夜、宴が果ててから船長に会うて話したが、同じような感想を漏《も》らしておった。船の全長に比して船腹が細いでな、操船は難しかったであろう。ともあれ、どこぞに診療室を設けてくれ」

「異人の船を見ると、中層の船倉の風通しのよい一角に診療室は設けてあるのが多いようです。船内にいくつか候補の場所がございます、それらを見てから、改めて図面を引いて参ります。点検して下され」

寅吉が船室から出ていった。

船室の扉《とびら》が叩《たた》かれて、こんどは田神助太郎が箱を抱えてきた。

「黄大人、そなたに見てもらいたいものがある」

「ほう、なんでございましょう」

助太郎が箱の蓋《ふた》を開けて、古い壺を取り出すと卓《テーブル》の上においた。

古壺入りの茶を箱に入れて、その蓋に添え書きしたのは痩西茶公司の主、延順風だ。

黄大人が箱の文字を読み、驚きの表情を見せた。そして、古い茶壺を丁寧《ていねい》に調べた。

「茶壺にございますな、われらは龍井《ロンジン》と称し、異人ならファイネスト・ティッピー・ゴールデン・フラワリー・オレンジ・ペコと呼ぶ最高級品の茶ではございませんか。それもかなり熟成された年代物の龍井のように見ました。どちらで手に入れました」

黄大人は未だ驚きを隠せない様子だった。

「龍井ではない。古茶だ。どちらで手に入れたと思うな」

藤之助の問いに、改めて古壺を点検した黄大人が答えた。

「揚子江《ようすこう》渓谷の茶葉にございますな。古茶の中でも最高級の年代物の茶葉ですぞ。購うとしたらいくら支払えばよいか見当もつきませんな。どこで、いくらで手に入れられたのですか」

と重ねて質《ただ》した。

「安徽省の山中、茶旗山瑯蘭寺の楢老師から土産に頂戴した」

「見た瞬間は龍井と思いましたが、なんと伝説の茶旗山瑯蘭寺の古茶葉にございましたか」

藤之助は、長江遡上の旅の途中に揚州に立ち寄り、痩西茶公司の支配人と知り合ったこと、その縁で製茶工場や茶旗山瑯蘭寺を訪ねた経緯《いきさつ》を告げた。

「そのきっかけになったのが水村宋堪なる僧侶崩れの和人なのだ」

「ほう、あの人物が茶旗山まで導きましたか」

黄大人が想い出し笑いした。

「出は筑前《ちくぜん》福岡らしい。揚州に二十年余も暮らしておる乞食坊主であった」

「藤之助様、この古茶をどうなさるおつもりで」

「ここで喫してみるか」

「ご冗談を」

と真顔で黄大人が言った。

「今思いついた。最前、大人はこの航海を最後に第一線から身を引くと申されたな」

「いかにもさよう」

「ならばこの茶一荷、黄大人のこれまでの苦労に報《むく》いるために進呈したい。どうだ、玲奈」

「な、なんと」

「藤之助、青二才の私たちにはこの古茶を喫する資格はないわ。黄大人に相応《ふさわ》しいものよ」

と玲奈も賛同した。

三

この夕刻、アメリカ国旗を掲げた短艇がレイナ一世号に横付けされ、簡易階段《タラップ》を上海アメリカ領事館の商務官ダグラス・イーサンと名乗る男が上がってきて、井伊直弼の用人の書状二通を届けた。

イーサンに対応したのは東方交易の三人の幹部だった。

藤之助に早く日本に戻り、井伊直弼の手伝いをしろという催促の書状であろう。読まずともその内容は推測がついた。

イーサン商務官との直接のやりとりには玲奈があたり、しばらく英語で会話したあと、

「井伊様、だいぶ焦《あせ》っておいでのようね」

と藤之助に言った。

「それがし、井伊直弼様のお役には立つと申したが、いつとは約定《やくじょう》しておらぬ。東方交易の都合を優先し、交易船団を日本に向けた折に江戸にて井伊直弼様にお目にかかる、と商務官どのに告げてくれぬか」

「イギリスのオールコック卿《きょう》もすでに上海の地を離れ、日本に向かわれたそうよ」

「長崎、横浜、箱館《はこだて》が開港したでな、次なる目標を上海から日本に向け、列強各国の官民も急いでおられるのであろう。そのような折は却《かえ》って焦ってはなるまい」

玲奈がイーサン商務官に対し、レイナ一世号とストリーム号の荷揚げが終わり次第、長崎を経て、横浜に向かうと告げると、少しばかり安心した表情で紙包みを差し出した。

「なにかしら」

玲奈が商務官に質すと、イーサンは紙包みを手に問い返した。

「東方交易は上海に拠点をおいておられるが、レイナ一世号とストリーム号の船籍は上海、つまりは清《しん》国船籍なのですか」

「清国船籍じゃないわ」

玲奈が慎重に答え、さらに言い足した。

「ジャーディン・マセソン商会の援《たす》けもあってアメリカ商人が持っていたアメリカ船籍のクリッパーの、レイナ一世号とストリーム号の二隻の船を購入したの。そのことはあなたも承知よね」

「承知しております。その時点で二隻はアメリカ船籍から離脱しております。ですが、レイナ一世号とストリーム号が現在、どこの国に帰属するのか、われらは承知しておりません」

イーサンに言われればその通りだった。

上海に交易の拠点を置く東方交易の出資元は長崎会所《かいしょ》であり、長崎の唐人であった。そして、ジャーディン・マセソン商会が後見していた。だが、東方交易にジャーディン・マセソン商会の資本は入っていない。

レイナ一世号とストリーム号の購入に足りなかった分は、イギリス系の香港上海銀行上海支店から借り受けていた。その借り受けた金も此度の交易の利で返せる見通しがあった。

ともあれ船籍など考えることなくジャーディン・マセソン商会の庇護《ひご》の下に一回目の交易を行ってきたのが実態だった。

イーサンはそのことを指摘していた。

玲奈は正直に答えるしかない。

「寄港地ではジャーディン・マセソン商会の社旗を掲げていたし、海賊が横行する海域を航海中は便宜上《べんぎじょう》イギリス国旗を翻《ひるがえ》していたこともあるわ」

「それでは今後異国を訪問し、交易する際には通用しません」

とイーサンが言い切り、

「バタビアでもマラッカでもペナンでもフエでもなんの差し障りもなかった」

と玲奈が応じ、イーサンが言い返した。

「東南アジアは未だ国家の体《てい》をなしていない地帯ゆえ、ジャーディン・マセソン商会の社旗を翻しておればそれで済んだのです。このクリッパーの所有者は上海で社交界デビューしたサムライ・トウノスケとレディー・レイナです」

と注意を促《うなが》した。

「どうすればよいの」

「船籍を表示するには帰属する国の許しを得て、はっきりとその国の旗、国旗《ナショナル・フラッグ》を掲げるのが欧米諸国の習わしです」

イーサンがはっきりと言い切った。

「ちょっと待ってね」

イーサンの指摘を藤之助と黄大人に通詞した。

「船籍な、迂闊《うかつ》にもそのことを考えなかった」

「とは申せ、長崎の港にオランダ国旗を掲げたイギリス船が入津《にゅうしん》したこともありましたぞ」

黄大人が長崎にオランダ船を装い、入港してきたフェートン号の騒ぎを例に出した。鎖国を続けてきた日本や清国はもちろんのこと、列強各国にも明確な国際間の取り決めを実施しているところはなかった。

「船籍とは、どこぞの国の朱印状を頂戴するということじゃな」

玲奈にも藤之助にも、長崎で何代も暮らしてきた黄大人にも、帰属する国とか船籍とか国旗という概念が薄かった。

「藤之助、そのとおりよ」

「どうすればよい」

藤之助らの困惑を見たイーサンが、

「お二人の名はバタビアでもマラッカでもペナンでも知れ渡っておりましょう。されどこれからは、わが国やヨーロッパ列強と交易を続けていくためには船籍を明らかにしてどこの国の所属船かはっきりとさせるために国旗を掲げなければ、レイナ一世号を受け入れてはくれません」

と答えていた。

「国旗か」

藤之助は黄大人を見た。

「どうしたらよかろう」

黄武尊にも答えはなかった。

「ここに大老からの届物を持参してきました。徳川幕府がこの度《たび》かようなものをわれらの忠言で創りましたそうな。ご覧くだされ」

イーサンが紙包みを開いて中のものを広げた。すると白地に真っ赤な丸が描かれた、すっきりとした旗が姿を見せた。

「これが幕府の制定した国旗です、力強くかつ高貴な意匠《いしょう》です」

「この赤い丸は日輪でござろうか」

イーサンと藤之助がてんでに言い合った。

初めて見る国旗は東方交易の幹部には馴染《なじ》みがないものであった。それには理由があった。

嘉永《かえい》七年（一八五四）三月、徳川《とくがわ》幕府では日米和親条約調印後、和船と外国船を区別するための標識の必要を指摘された。そこで慌てて、

「日本惣船印《そうふなじるし》」

を制定することにした。幕臣らは当初、

「大中黒」

なる標識を用いることを提議した。

大中黒とは徳川の先祖の新田《にった》氏の標《しるし》であり、白地に黒線一文字が意匠されていた。

だが、薩摩《さつま》の島津斉彬《しまづなりあきら》や幕府海防参与《さんよ》の徳川斉昭《なりあき》らの進言と反対で、

「日輪」

を想起させる幟《のぼり》を用いることになった。

安政《あんせい》二年（一八五五）、島津斉彬は洋式軍艦を幕府に献上した。そのとき、初めて日の丸の幟が船尾旗として用いられていたのだ。

また安政五年（一八五八）、幕府海防目付《かいぼうめつけ》の岩瀬《いわせ》忠震《ただなり》と下田《しもだ》奉行の井上清直《いのうえきよなお》は神奈《かな》川《がわ》沖に停泊するアメリカのポータハン号に和船で乗り込んだ折、小舟には岩瀬の先祖の伊達《だて》氏の旗である日章旗が掲げられた。

さらに翌年の安政六年、開港を機に幕府は幟から旗へと日の丸の意匠を替え、正式に、

「御国総標《みくにそうじるし》」

つまり国旗としての決定を触書《ふれがき》で出したのだ。

その日の丸が藤之助の前にあった。

イーサンが玲奈に説明した。

「あなた方は今後、この旗を船尾に掲げて異国を訪問し、交易しなければならないのです。いえ、今後、日本に船籍を持つ大船はすべてこの旗を掲げることになるのです」

「この旗を井伊様が藤之助に贈ってきたというのですか、ミスター・イーサン」

「玲奈様、大老井伊様が贈られた意味はすでにお察しにございますな」

イーサンは玲奈に念を押して藤之助を見ると会釈《えしゃく》をして、レイナ一世号を下船していった。

新たなる問題に直面したことを三人の東方交易幹部は知らされた。

「船籍か」

この日の丸を掲げるということはレイナ一世号とストリーム号は日本船籍の船であることを意味した。だが、東方交易は長崎会所と長崎の唐人たちが出資して設立された会社であり、二隻の快速帆船《クリッパー》もその東方交易が所有する帆船であった。つまりは和人と唐人の資本からなる東方交易だった。このことについて、藤之助も玲奈も一概《いちがい》にどうしようと発言は出来なかった。

しばし瞑想《めいそう》した黄武尊が、

「レイナ一世号とストリーム号を今後指揮、操船して交易に従事するのは、藤之助どのと玲奈様です。ならばそなたらが生まれた和国の船籍となし、日の丸を船標《ふなじるし》にして交易を続ければよかろう」

「黄大人、長崎会所と長崎の唐人の資金が母体になって設立された東方交易です。その大事な財産が日本の船籍になるのです、大人はそれでよろしいのか」

と念を押した。

「藤之助どの、二隻の船はいかにも東方交易所属ですな。帆船がどれほど大事な財産にしても東方交易の商いの道具に過ぎない、これからもその道具は増やさねばならない。その交易船団を監督・支配するのは東方交易の出資者です。その一人がこの黄武尊である以上、交易船団の船籍など拘《こだわ》るべきではない」

船籍がどうであれ、東方交易の出資者の一人である自分の持ち物でもあると黄大人は言っていた。

「玲奈、こうせぬか。あくまで船尾の御国総標は日の丸じゃが、同時にその傍らには唐人や和人、ドイツ系唐人のハンス・奸といった雑多な人間が所属する東方交易の社旗をわれらの旗としていっしょに翻していかぬか。ジャーディン・マセソン商会の旗のように、われらは未だ知らぬ大海原を超えて行き、未知の国に東方交易の旗を翻そうではないか」

藤之助が玲奈に言い、

「確かに私たちは国籍とか船籍に無知でした。ここに日本の国旗があるように東方交易の旗をちゃんと意匠し直してつくりましょう。国旗より私たちにとっては東方交易の旗が大事なのよ。どうかしら、黄大人」

「われら唐人は体面も大事じゃが、さらに重要なのは実利でございましてな」

鷹揚《おうよう》にも大人が莞爾《かんじ》と笑って了解した。

「東方交易の旗には上海と長崎の二つの地を表そう。玲奈、意匠を考えよ」

藤之助の言葉に玲奈ばかりか黃大人も頷いた。

「さて問題は大老の井伊直弼様が上海のアメリカ領事館を通じて、かような便宜を図ってきたことをどう考えればよいかだ」

「黃大人、清国に最初にちょっかいを出したのはイギリスでしたね。私どもの国に最初に手を突っ込んだのは新興国のアメリカです。タウンゼント・ハリス総領事が下田に上陸したときから、ハリス総領事は日本国の外交の主導権を握ろうと堀田《ほった》正睦《まさよし》様や井伊直弼様に必死に働きかけてこられた。それを藤之助が助けたこともあった。ハリスの将軍謁見の折です。ところが長崎、横浜、箱館の開港に伴い、この上海からも列強の外交官方が日本に乗り込まれていきましたね」

「いかにもさようです、玲奈様」

「最前、話にも出たイギリスの広州《こうしゅう》領事だったラザフォード・オールコック卿《きょう》もイギリスの初代日本駐在総領事として着任され、この八月にはフランスのベルクール総領事も着任なされたそうです。外交官としては素人のハリス総領事より、断然オールコック総領事のほうが駆け引きは優れているし、人望もある。アメリカとしては藤之助を一日も早く江戸に戻ってもらい、井伊大老の脇を固めて、アメリカの存在を確乎《かっこ》たるものとしようと考えているのではないかしら」

玲奈はすでに上海の国際租界で日本を巡る情報を得て、分析していた。

「となると私どもが日本に向かう時期が極めて重要になるのではないの」

「そういうことだ」

藤之助が頷《うなず》いた。

「藤之助、これからの日本の交易拠点は長崎から江戸近くの横浜になるのは確かよ」

玲奈は横浜に東方交易の出店を設けるべきと言っていた。そのためには長崎会所の許しが要った。

「上海での荷下ろしと荷積みにあと十余日はかかろうな」

「かかりましょうな」

と黄大人が応じた。

「藤之助、井伊大老は自らがなす政《まつりごと》を批判する勢力をとことん弾圧しているそうよ」

「安政の大獄《たいごく》と呼ばれるものだな」

「イギリス外交筋は井伊大老の強引な手法は混乱を招くだけ、身辺をイエスマンだけで固めているのは危険だと言っていたわ」

「イエスマンとはなんだ」

「井伊様に、仰《おお》せごもっともにございますとへいこらし、ただ自らの出世と保身だけを考える人間たちのことよ。イギリスなどでは批判勢力があることが政治を正し、政府がちゃんと機能していることを意味しているというの。井伊大老が批判派を粛清《しゅくせい》する強引な手法を続ければ行き詰まる。早晩、血飛沫《ちしぶき》が大老自らの身に降りかかってくると列強の外交官らは考えているわ、これが上海の外交筋の大方の意見よ。こんなこと一夜で分かったわ。そんな江戸に急いで戻って火中の栗を拾うこともない」

「玲奈様の考えにわしも賛成ですな、われらは政は利用しても政争の渦中に立ち入ることはせぬほうがよい。政より商がわれらの旗印」

「いかにもさようです、大人、玲奈。まずそなたらの交易の成果を、上海で整理することに邁進しようではないか」

と答える藤之助には一つだけ懸念があった。

「藤之助どの、なんぞ案じごとがありますかな」

「大人はこちらの胸底まで察知しておられる」

と苦笑いした藤之助は、

「ヘダ号のことです、未だヘダ号は幕府としても必要とする帆船でございます。井伊様の意向でただ今上海にある。長崎海軍伝習所におられた勝麟太郎《かつりんたろう》先生らが咸臨丸《かんりんまる》でパシフコ海を渡り、アメリカを訪問される折から、訓練帆船として一日も早く講武所に戻してやりたいと思うたのです」

藤之助の考えに二人が賛意を示した。そして、黄大人が言った。

「ヘダ号には揚州からの茶葉が積まれておりましたな。それをまず下ろし、身軽にすることです」

「藤之助、ヘダ号を操船する人員はどうするの。佐々木万之助さん方は東方交易に引き取ったと言ったわね」

「万之助らはヘダ号をよう承知しておる。だが、彼らに操船させて江戸に戻せば、幕府が彼らを手放すとも思えない」

「藤之助どの、われらには航海方を務めた高小魯がおりますぞ、彼を船長にして飛龍や林雲ら唐人を乗り込ませて横浜に返しましょう。魯桃大人のためにヘダ号に荷を積んで先行させれば、レイナ一世号やストリーム号と同時か、何日か早く着きましょう。魯桃大人も此度の交易の成果を、首を長くして待っておりましょうからな」

「ならば大人、ヘダ号を長崎経由で横浜に先行させましょう。明日から急ぎ、魯桃大人扱いの交易の品の一部をヘダ号に積み替えようぞ。二日もあればこちらの荷役は終わろう」

東方交易の幹部三人の間でヘダ号の先行日本出帆《しゅっぱん》が決まった。

この日のうちにヘダ号の劉源、田神助太郎、佐々木万之助らがレイナ一世号に乗り移り、反対に高小魯らが横浜行《ゆき》のためにヘダ号に乗り組んだ。

高は水先案内人ばかりか帆船を操る事にも慣れていた。まして、上海から長崎経由の横浜行など慣れた行程だった。

ヘダ号に乗り移った高小魯が茶葉の荷を見て、藤之助らに願った。

「黄大人、この茶葉は魯桃様も喜ばれましょうな。茶葉はヘダ号にいくらか残して横浜に運ぶというのではいかがにございましょう。揚州の緑茶は必ず高く売れます」

「ならば半分ほど茶葉を残し、空いた部分に他の交易品を載せようか」

と話が決まった。その上で藤之助が高小魯に命じた。

「飛龍らをそのまま江戸にやらしてはならぬ。われらの船が横浜沖に到着するまで魯大人のところで預ってもらえぬか頼んでくれ」

「承知しました」

一年余の交易の旅にどことなく横浜恋しさも顔に窺《うかが》えた高小魯はヘダ号での先行航海に張り切った。

「ヘダ号の操船はすでに承知と思うが、疑問があればなんなりと劉源なり、助太郎に尋ねよ。荷役に二日かかろうゆえ、その間に得心のいくまで話し合え」

と命じて、改めて劉源らを引き合わせた。

「飛龍、林雲、そなたらにとって久しぶりの長崎、初めての横浜であろうが、われらも遅くとも数日後には必ず追いつくでな、横浜の地で会おうぞ」

レイナ一世号、ストリーム号は船足の早いクリッパーだ、ヘダ号とはまるで船速が違った。

「承知しました」

と和語を十分に身につけた飛龍が請《う》け合った。

「高小魯は海をとくと承知の船長じゃ。そなたら二人が力を合わせ、助船頭《すけせんどう》として高船長を助けよ」

「サムライ・トウノスケ様、和国への船旅はくさ、これまでの長旅に比べたらくさ、子どもの使いたい」

「林雲、その気概はよいが海を侮《あなど》ってはならぬ。いつしっぺ返しを食うやもしれぬ。それが海じゃ」

藤之助は初めて長崎へ向かった遠州灘《えんしゅうなだ》沖で、仲間の一人、藤掛漢次郎《ふじかけかんじろう》を嵐の海に失ったことを話した。

「分かりましたと、コマンダンテ」

ヘダ号から戻った藤之助は、下層砲甲板に下りてみた。すると佐々木万之助らが古舘光忠からハンモックやレイナ一世号の船衣や正装を配られ、

「古舘どの、これで寝るですか。ヘダ号のハンモックとはだいぶ違うな」

と首を傾げていた。

時松が頼りなげな表情で大きなハンモック一式を抱えていた。

「異国の帆船の乗組員の大半はこの本式な寝具を使う。まず手本を見せる」

光忠がハンモックを拡げて、下層砲甲板の梁《はり》の間の金具にハンモックの縄目をかけた。

「ハンモックの中には小さな敷きぶとんと毛布が巻き込んである。敷きぶとんと毛布を拡げ、左足で床をしっかりと踏んで右足からハンモックに上がり、揺れ動くハンモックに上手に乗り込まねばならぬ。異人用ゆえヘダ号のものより吊《つ》るのも高く大きい。ゆえに乗るのも容易ではない。なあに、一日二日で慣れる。最初はハンモックに上がれぬ者や寝ている最中に床に落ちる者もいる。下層砲甲板に何十となくハンモッ

クが吊るされる光景はなかなか壮観だぞ。異人の水夫《かこ》は、この風景をあれこれと譬《たと》えるが、毛布の入江というのがいちばん言われることだそうな。ハンモックを小舟に見立てて、毛布が入江に停泊しておるのだ。ともあれこの寝具のいちばん良い点は昼間はくるくると巻き、壁際《かべぎわ》の所定の金具に吊るせば、この下層砲甲板が広く使えることだ、そのことはヘダ号で承知じゃな。ともあれハンモックの利点は網目ゆえ風が通り、清潔であることもある。一刻も早くこの本式のハンモックに慣れよ」

田神助太郎が光忠の教えどおりにハンモックを吊って上がろうとしたが、なかなか上がれない。最初にこのハンモックに慣れたのは初蔵《はつぞう》だ。

「これは楽でよい、ヘダ号のはおもちゃだ」

四半刻《しはんとき》（約三十分）、大型快速帆船《クリッパー》の暮らしを古舘光忠に教えられたヘダ号から来た十八人はなんとかレイナ一世号の船内に慣れてきた。だが、それはごくごく一部だ。

「レイナ一世号は何層もの船倉と隔壁からなり、通路は迷路のように張り巡らされ、船内のことがすべて分かるのに一航海は要する。まあ、少しずつ慣れることじゃ。拡帆縮帆作業にはわれらも慣れたとはいえぬ。副船長の内藤様や掌帆方《しょうはんかた》の百次どのには叱《しか》られてばかりだ」

佐々木万之助が広々とした下層砲甲板のヒッコリー材の床に胡坐《あぐら》を掻《か》いて、

「これが船の中か、とても信じられぬ」

と嘆息した。

「万之助、ヘダ号は全長七十余尺じゃがこのレイナ一世号は三倍以上もあり、トン数でいうならばヘダ号は百トン足らず、このクリッパーは二十倍ほどもある。皆が驚くのは無理もない。だがな、ほんとうの凄《すご》さを知るのは大海原で三檣《しょう》四段十数枚の横帆に満帆の風を孕《はら》んで疾走《しっそう》するときじゃ。楽しみに待っておれ」

「古舘様、このクリッパーのすべてを習得した証《あかし》はなんでございましょうな」

「さあてな、それがしも習得などという言葉とは程遠《ほどとお》い。故に大きな口は叩《たた》けぬが、主檣《しゅしょう》の頂きに昇って四方を眺《なが》めることじゃそうな」

「古舘様でも未だ昇れませんか」

「昇れぬな」

「よし、せめて古舘様より先に主檣の頂きを征服します」

「助太郎、伊那谷の岩登りのようにはいかぬ。そなたの泣き面が楽しみなことよ」

と光忠が微笑《ほほえ》んだ。

四

安政六年（一八五九）の仲秋の東シナ海を二隻の快速帆船《クリッパー》が北東に舳先を向けていた。

船尾に日の丸と東方交易の新しい社旗を、主檣の頂きに交易船団長《コマンダンテ》が乗船している証の三角の船標を翻して波を切るレイナ一世号と随伴《ずいはん》帆船ストリーム号だ。社旗には東方交易の商いを象徴する龍が二匹睨《にら》み合っていた。それを見た万之助らは、

「こちらの一匹は牡《おす》の龍で藤之助様、そして向き合った龍は雌《めす》で玲奈様じゃな」

と勝手に解釈していた。

上海で交易品の三割方を下ろし、またその分と同じ荷が積み込まれてあった。ために喫水は上がっていたが、格別に急ぐ旅ではない。それより安全に荷を運ぶことが重要だった。

上海で下ろした荷は砂糖、胡椒《こしょう》などの香辛料、薬種、錫《すず》などの鉱石の見本、ゴム、象牙《ぞうげ》、鮫皮《さめがわ》、絨毯《じゅうたん》、ライフル銃など一部の武器、弾薬、火薬類であった。

上海から地図、書物、珊瑚《さんご》、揚子江渓谷の茶葉が積み込まれていた。

秋の陽射しが東シナ海に降り注ぎ、頃合いの風が二隻のクリッパーを順調に走らせていた。

操舵室に藤之助が姿を見せた。

供はドン・フアン、クロの二匹の犬だ。

長江遡上をともにした李頓子は上海の東方交易に戻ったが、リンリンは玲奈の下で作法や言葉を教え込まれることになって、レイナ一世号に乗船していた。また水村宋堪は東方交易でどのような仕事が適しているかを見るため、葛里布、池田平蔵の下で当分事務方を務めることになっていた。

出船前に池田平蔵から、

「藤之助様、あの坊《ぼん》さんですがな、字が上手じゃもん。それも唐人の言葉も和語も出来るたい。うちでそのうち役職ばつけて働いてもらおうと思うちょります」

との報告を受けていた。

「揚州では仏道修行より乞食《こじき》が長いと見た。しっかりと繫《つな》ぎ止めておかぬと上海でまた乞食暮らしに戻るやもしれぬぞ」

と藤之助が念を押した。

「滝口船長、順調な航海と見受けられる」

「いかにもさようです。このぶんなれば、遅くとも四日目には長崎に碇《いかり》を下ろせましょう」

「ヘダ号は横浜に着いておるころであろう」

「この十数日、海が荒れた様子はありません。船長が高小魯さんです、まず航海は順調かと思います」

操舵場には滝口船長の他に内藤東三郎副船長、砲術方《ほうじゅつかた》の宗田与助、コマンダンテ後見方の篠原秦三郎と舵方《かじかた》の二人がいた。

もう一人の後見の劉源も、レイナ一世号に乗り組んでいた。

ヘダ号の乗組員であった佐々木万之助らに大型帆船の初歩的な操船術を上層主甲板で教え込んでいた。そして、主帆柱《メインマスト》、前帆柱《フォアマスト》、後帆柱《ミズンマスト》の横桁《よこげた》に取り付いて帆や動索《どうさく》、支索《しさく》の緩みなどを点検する帆方《ほかた》らの動きを掌帆方頭《しょうはんかたがしら》の百次が見守りながら、適宜《てきぎ》指示を出していた。

主帆柱《メインマスト》と前帆柱《フォアマスト》の頂きには檣楼方《しょうろうかた》の温《おん》少年とましらの林造《りんぞう》がそれぞれ上がって、四周を眺めていた。十六と同じ年齢の二人はよき好敵手で、常に頂きに駆け上がり、駆け下りてくる競走をしては切磋琢磨《せっさたくま》していた。

帆や綱の緩みはないようで次々に、

「主檣《しゅしょう》異常なし！」

とか、

「後檣《こうしょう》調整終了！」

などの報告が風に乗って上層主甲板の百次に伝えられていた。

高小魯ら唐人乗組員がヘダ号で先行したために、レイナ一世号の乗組員の比率はほぼ和人、唐人が半数ずつになっていた。

「宗田与助、どうだな、三十二ポンド砲の錆《さび》とりをしては」

「それはようございますな」

宗田が舵方の一人に命を下した。

砲撃訓練の喇叭《ラッパ》が奏され、帆桁に取り付いていた帆方が一気に縄梯子を伝い、するすると下り始めた。

頂きにいた温少年とましらの林造も帆柱を上手に伝い、戦闘楼《ファイティング・トップ》まで一気に下りてきて、縄梯子に飛び付くと次々に帆方を追いぬきながら、上層主甲板に辿《たど》りついた。

佐々木万之助らはその身軽な動きを驚きの眼というより茫然《ぼうぜん》と見詰《みつ》めているしかなかった。

かった。

「おい、時松、ヘダ号の帆柱上に上がるのでも足が竦んだが、この大船の帆柱の先端からあのようにするすると滑り下りてくるなど考えられるか」

「慣れるものかのう」

と時松が呟《つぶや》き、首をひねった。

そのとき、喇叭が再び鳴り響き、

「下層砲甲板三十二ポンド砲、右舷偶数砲、左舷奇数砲、砲撃準備！」

宗田与助砲術方頭から上層主甲板に下りてきた帆方に命が下った。

その瞬間、帆方は砲術方に転じた。商船では水夫たちが一人何役もこなさねばならなかったのだ。

警護隊隊長の古舘光忠も右舷側四番砲の砲術頭として下層砲甲板に走り込んでいった。

「ほれ、そなたらもよい機会じゃ、大型帆船の砲術をまずとくと見て、流れを飲み込むのだ」

劉源に言われて佐々木万之助らも急ぎ、下層砲甲板へ下りていった。

砲甲板には片舷《かたげん》六門ずつの三十二ポンド砲が設置されていた。両舷側《げんそく》で十二門の三十二ポンド砲だが、ただ今の陣容では下層砲甲板の三十二ポンド砲と上層主甲板の二十四ポンド砲が同時に火を噴くことはない。

レイナ一世号もストリーム号も戦闘艦ではなく、商船だ。海賊などの略奪を防ぐために装備を整えておくのが狙いだ。また実戦に使われた大砲を必要なれば売却することも考えて、両舷側に均衡《きんこう》を保って装備していた。船倉を交易品のためにどれだけ空けることが出来るかで利が決まった。

異国交易の利潤《りじゅん》は一航海で原価の数倍から十倍と言われた。その代わり、海難事故ですべてを失う危険が常にあった。

万之助らが下層砲甲板に下りたとき、むろん「毛布の入江」の光景は消えて、右舷側偶数砲、左舷側奇数砲に各要員が六、七人ずつ配置され、砲門が開かれ、三十二ポンド砲の砲口が突き出され、砲架が楔《くさび》や麻綱《あさづな》できっちりと固定される作業が整然と行われていた。

下層砲甲板と上層主甲板を結ぶ階段には温少年とましらの林造が配置され、操舵室の砲術方頭宗田与助の命を砲術方へと伝える役目を負っていた。

「右舷側の四番、六番砲、砲撃準備！」

の操舵室からの命が次々に伝達されて、四番砲の砲術頭の古舘光忠に伝わり、宗田の命が復唱されて操舵室へと戻っていった。

「目標半海里、仮想海賊船狙え！」

右舷側の中心となる四番砲と六番砲が仰角を合わせ、半海里先の仮想海賊船を狙い、

「砲撃！」

の合図とともに二門の三十二ポンド砲がほぼ同時に砲撃した。

ずずーん
と腹に響く音だった。

後藤時松らはヘダ号とはまるで違う下層砲甲板の迫力に圧倒されていた。

万之助らは砲門の向こうに消えた砲弾を、

「一、二、三……」

と数えた。

半海里先の海面に落下した水飛沫《みずしぶき》の気配が伝わってきた。脳裏に描かれた三十二ポンド砲弾が造り出す水飛沫は虚空をついて高かった。

「左舷側五番砲、七番砲、砲撃準備！」

の声が下層砲甲板に伝えられ、再び砲声が響き、硝煙《しょうえん》が後藤時松らの視界を悪くし

たが、砲撃訓練は粛々《しゆくしゆく》と続けられた。

「おれ、足の震えが止まらん」

「おれは金玉が縮みあがっとるぞ」

「早《はよ》う一員に加わりたいのう」

と初蔵が思わず呟いた。

不意に操舵場から下層砲甲板に姿を見せた砲術方頭の宗田与助に、

「おい、そこのひよっこども、レイナ一世号の客のつもりか、各自二人ずつ組になり、右舷側偶数砲、左舷側奇数砲に編入せよ」

と命じられた万之助らは急いで指定された三十二ポンド砲の訓練に加わった。

ヘダ号では一人前の戦士であり船乗りだったが、快速帆船レイナ一世号では未だ半人前の万之助らだった。

この日の砲撃訓練は半刻《はんとき》にわたって続けられ、終了した。万之助は訓練が終わったとき、膝《ひざ》ががたがたと鳴り、耳がじんじんと響いていたが、それでも満足感に五体が包まれていた。

長崎会所と長崎の唐人たちが待ち望んだ東方交易の初めての交易船団レイナ一世号

とストリーム号が長崎湾に入っていくと、まず稲佐山《いなさやま》の中腹で花火が上がり、交易帆船の到来を長崎じゅうに告げた。

するとと開港なったばかりの長崎港に停泊していたイギリス、フランス、ロシア、アメリカ、オランダの五ヵ国の船と唐人船が一斉《いっせい》に空砲を撃ち鳴らし、音楽隊がそれぞれの国の調べを奏して、

「サムライ・トウノスケとレディー・レイナ」

の交易船団を迎えた。

その騒ぎに長崎会所では一斉に町年寄以下の面々が、さらには町人が、唐人町の唐人たちが港に飛び出してきて、優美な快速帆船《クリッパー》の出迎えや見物に集まってきた。

レイナ一世号とストリーム号の船上では帆柱の桁に帆が畳《たた》みこまれていき、縮帆が済むと二隻の帆船はゆっくりと停船した。すると三檣の四段の帆桁に掌帆方の百次の配下の水夫たちが等間隔に並んで港の大勢の見物人に手を振って答礼した。

また古舘警護隊隊長以下、交易船団の警護隊隊員たちが着剣したシャープス騎兵銃を捧げもって両舷側に等間隔に並び、出迎えの人々にライフル銃を上下させて答礼した。

すると何度目かの大歓声が湧《わ》き、おくんちの囃子《はやし》がどこからともなく奏されて、長

崎の希望の交易船団の入港を歓迎した。

長崎町年寄高島了悦は出島《でじま》のオランダ領事館の岸壁から、江戸《えど》町惣町乙名《まちそうまちおとな》の椚田太郎次《くぬぎだたろうじ》がいて、

「自分たちの持ち船」

の雄姿を見ていた。その傍らには江戸町惣町乙名の椚田太郎次がいて、

「了悦様、どげんですな、レイナ一世号は」

「エリザベート号からレイナ一世号に改修していたときくさ、ちょこっと見たばってん、こげん大きかったな、惣町乙名。これを自在に動かすのは容易なこっちゃなかろ。だれが動かすとやろか」

「そりゃくさ、了悦様の孫娘と婿《むこ》さんに決まっとるたい」

「藤之助どのと玲奈があん帆船ば動かしちょるとな」

「実際に動かすとはくさ、ヘダ号の主船頭やった滝口治平船長が何十人もの手下《てか》に命じてやらすとたい。サムライ・トウノスケとレディー・レイナは交易船団の大親分ばい」

「あんじゃやじゃ馬娘が女子《おなご》親分な。よか夫婦たい」

「町年寄、見てみれんね。一番高か帆柱の天辺《てっぺん》にくさ、三角の旗が翻っとろうもん。ありゃ、コマンダンテの座光寺藤之助どのが乗っとる標《しるし》たいね。そん下に派手に棚引

いちょるのはくさ、大漁旗じゃなかね」

「大漁旗は交易がうまくいったという意味やろか」

「それに決まっとるたい。おうおう、まあ、かっこよか艫《しり》ば見らんね、異人のいう貴婦人の尻《けつ》ばい。それに日の丸とくさ、東方交易の旗が並んで風に靡《なび》いておるたい」

長崎会所造船場でも岩峰作兵衛らが白い船体のレイナ一世号とストリーム号の入港を言葉もなく眺めていた。

「作兵衛様、港にいろいろな帆船が泊まっておりますが、格別にレイナ一世号は美しい船でございますな」

と白神正太郎《しらかみしょうたろう》が嘆声した。

「おりゃ、あげん船ば造ってみたか」

と山吹領で大工だった松吉《まつきち》が呟いた。

「あの帆船に助太郎さんも乗っとるとやろうか」

松吉の言葉に長崎訛《なま》りがあった。毎日、造船場でうける指導は長崎弁だ。船大工の棟梁《とうりよう》に注意されたり叱られていたら、いつしか長崎訛りが口をつくようになっていた。

また松吉には田神助太郎は竹馬の友、幼馴染《おさななじ》みだった。

「藤之助様の姿は見えんごたる」

と応じた相模辰治《さがみたつじ》の言葉にも訛りがあった。

造船場で働く作兵衛以下の十三人は、伊那谷の山吹領から藤之助に連れられて長崎にやってきていた。わずか一年足らず前のことだ。

作兵衛の傍らに造船場の船大工棟梁安五郎《やすごろう》がきて、

「作兵衛さん、短い間やったがよう頑張《がんば》ったたな。明日からご一統の働き場所はあん美しか帆船たい」

「安五郎棟梁、われら、あの船に乗ってよいと言われるか」

「それば決めるとはくさ、座光寺藤之助様、あんたらの主様たい。ばってん、今はのんびりしちゃおられんもん。あんた方も早うあん帆船に乗ってくさ、実地で覚えていくしかなかろ」

と棟梁が岩峰作兵衛らの明日を予測した。

「江戸町惣町乙名さん、藤之助様と玲奈嬢様はどこにおられると」

出島のオランダ領事館の岸壁で太郎次の背中で声がした。

長崎の南蛮菓子舗《かしほ》福砂屋の三人娘の末っ子のあやめの声だ。

「おお、福砂屋のべっぴん三姉妹が玲奈様の帆船見物な、おお、おきみさんもいっしょに来たと。前に出てくさ、よう見らんね。あんたの主様が戻られたばい」

今や長崎じゅうの人々が波止場《はとば》付近に集まり、長崎の命運を決める帆船を眺めていた。

レイナ一世号の操舵室から喇叭がりょうりょうと吹き鳴らされると帆桁に整列していた水夫たちがするすると縄梯子を伝い下り、上層主甲板に整列した。

「ようも短かか間にくさ、訓練が出来ましたな」

今度は医師の三好彦馬の声がした。

出島は阿蘭陀《オランダ》商館から領事館と役目を変え、昔ほど出入りに不自由はなくなった。だが、だれでも入れるわけではなかった。領事館の敷地に入ることを許されたのは、長崎でも限られた町人たちだ。

「三好先生、こん数年、夜もよう寝られんやったと。ばってん、この船を見て、長崎の明日が定まったようで、私もこれで安心してくさ、あん世に行けるたい」

長崎会所も唐人たちも多額の資金を上海に設立した東方交易に投入していた。それだけに了悦の不安も大きかった。

「町年寄、なにば言うとですか。これからが楽しみたい。藤之助様と玲奈様の時代が来たとですばい」

「ばってん、どこにもおらんごたる」

了悦が呟いたとき、最上後甲板に唐人服を着た黄武尊大人が姿を見せた。

すると唐人町で大きな歓声が湧いた。

長崎の唐人たちにとっても、激動する時代をどう乗り越えていくべきか、だれもが案じていた。

列強の強い要望で横浜、箱館が長崎と同じように開港したのだ。これまでのようにオランダ人と唐人たちが長崎会所相手に独占的に交易を続けていける時代は終わっていた。

そこで長崎に長く住む唐人たちも長崎会所といっしょに東方交易なる交易拠点を上海に設けたのだ。その最初の交易船団二隻がこうして港に碇を下ろし、唐人たちの頭《かしら》分《ぶん》の黄武尊が最上後甲板に姿を見せたとき、夢が現実のものになったことを唐人たちも悟ったのだ。

「黄大人はおらすばってん、藤之助様と玲奈嬢様はどげんしたとじゃろか」

秋の陽射しが穏やかに降り注ぐ中、長崎が静まり返った。

いったん止まっていた調べが再びレイナ一世号から響いてきた。

犬の吠え声が船上で聞こえ、純白のドレスに長い髪を後ろに垂らした玲奈が異人の服を着こなした長身の藤之助に伴われて、右舷に姿を見せた。背広は玲奈がペナン滞在中に藤之助のために誂《あつら》えた三つ揃いだった。

二人の新調の洋装には、長崎に凱旋《がいせん》する気持ちが込められていた。

第一次の東方交易の失敗から長崎会所と唐人らの共同資本でなんとか再興し、さらにレイナ一世号とストリーム号を購入、これら大型快速帆船《クリッパー》を使っての最初の異国交易からの長崎入港だ。長崎会所のみならず、長崎住まいの唐人らすべての者たちの夢と願いを乗せたレイナ一世号とストリーム号の帰国だった。長崎の人々が誇らしげに見詰める二隻の帆船には鮮やかな日の丸旗と東方交易の旗が誇らしげに翻っていた。

船上から久しぶりの長崎を見詰める者、出迎える者の双方の胸の中に安堵感《あんどかん》がじんわりと広がっていった。一瞬の静寂のあと、
わあっ！

という大歓声が上がった。

フランス船籍の帆船からぽんぽんと乾いた音がした。

シャンパンが抜かれる音だった。

すでに用意されていた簡易階段《タラップ》に黄大人を先頭に玲奈、藤之助が従い、田神助太郎らが短艇をタラップ下に横付けして待っていた。

三人とドン・ファアンが乗り込んだ短艇がレイナ一世号を離れ、長崎の波止場へと向かい始めた。

「藤之助、夢が一つ叶《かな》ったのかしら」

「いや、始まったばかりだ」

「座光寺どの、玲奈様、この黄武尊はこれで隠居でございますよ」

「黄大人の知恵と経験はわれらには大事にござる。上海の他に横浜に新しく設ける東方交易の総支配人として、われらが交易に飛びまわる間、高みから監督して下されませぬか」

「なに、まだこの年寄りを働かせるつもりか」

「まだまだ東方交易の基礎は固まっていないもの。ほら、出島にうちの爺《じい》様がお待ちよ。あのお方にも働き場所を考えて、藤之助。そのほうが長生きできるのよ」

玲奈の言葉に、
ふっふっふ
と黄大人が満足げに含み笑いした。

安政六年秋、江戸では安政の大獄の嵐が吹き荒れていた。

だが、長崎では二隻の快速帆船の入港に沸《わ》いていた。

参考資料

「紅茶スパイ　英国人プラントハンター中国をゆく」サラ・ローズ著　築地誠子訳　原書房
「図説　世界史を変えた50の植物」ビル・ローズ著　柴田譲治訳　原書房
「大長江　アジアの原風景を求めて」竹田武史著　光村推古書院

本書は文庫書下ろし作品です。

|著者| 佐伯泰英　1942年福岡県生まれ。闘牛カメラマンとして海外で活躍後、国際冒険小説執筆を経て、'99年から時代小説に転向。迫力ある剣戟シーンや人情味ゆたかな庶民性を生かした作品を次々に発表し、平成の時代小説人気を牽引する作家に。文庫書下ろし作品のみで累計4000万部を突破する快挙を成し遂げる。「密命」「居眠り磐音江戸双紙」「吉原裏同心」「夏目影二郎始末旅」「鎌倉河岸捕物控」「酔いどれ小籐次留書」「新・古着屋総兵衛」など各シリーズがある。講談社文庫では、『変化』『雷鳴』『風雲』『邪宗』『阿片』『攘夷』『上海』『黙契』『御暇』『難航』『海戦』『謁見』『交易』『朝廷』『混沌』『断絶』『散斬』『再会』に続き、本書が「交代寄合伊那衆異聞」シリーズ第19弾。

茶葉《ちゃば》　交代《こうたい》寄合《よりあい》伊《い》那《な》衆《しゅう》異《い》聞《ぶん》
佐伯泰英《さえきやすひで》

講談社文庫
定価はカバーに
表示してあります

2013年9月13日第1刷発行

発行者──鈴木　哲
発行所──株式会社　講談社
東京都文京区音羽2-12-21　〒112-8001
電話　出版部（03）5395-3510
　　　販売部（03）5395-5817
　　　業務部（03）5395-3615

デザイン──菊地信義
本文データ制作──講談社デジタル製作部
印刷────凸版印刷株式会社
製本────株式会社千曲堂

Printed in Japan

ISBN978-4-06-277637-0

講談社文庫刊行の辞

二十一世紀の到来を目睫に望みながら、われわれはいま、人類史上かつて例を見ない巨大な転換期をむかえようとしている。

世界も、日本も、激動の予兆に対する期待とおののきを内に蔵して、未知の時代に歩み入ろうとしている。このときにあたり、創業の人野間清治の「ナショナル・エデュケイター」への志を現代に甦らせようと意図して、われわれはここに古今の文芸作品はいうまでもなく、ひろく人文・社会・自然の諸科学から東西の名著を網羅する、新しい綜合文庫の発刊を決意した。

激動の転換期はまた断絶の時代である。われわれは戦後二十五年間の出版文化のありかたへの深い反省をこめて、この断絶の時代にあえて人間的な持続を求めようとする。いたずらに浮薄な商業主義のあだ花を追い求めることなく、長期にわたって良書に生命をあたえようとつとめるところにしか、今後の出版文化の真の繁栄はあり得ないと信じるからである。

同時にわれわれはこの綜合文庫の刊行を通じて、人文・社会・自然の諸科学が、結局人間の学にほかならないことを立証しようと願っている。かつて知識とは、「汝自身を知る」ことにつきていた。現代社会の瑣末な情報の氾濫のなかから、力強い知識の源泉を掘り起し、技術文明のただなかに、生きた人間の姿を復活させること。それこそわれわれの切なる希求である。

われわれは権威に盲従せず、俗流に媚びることなく、渾然一体となって日本の「草の根」をかたちづくる若く新しい世代の人々に、心をこめてこの新しい綜合文庫をおくり届けたい。それは知識の泉であるとともに感受性のふるさとであり、もっとも有機的に組織され、社会に開かれた万人のための大学をめざしている。大方の支援と協力を衷心より切望してやまない。

一九七一年七月

野間省一

講談社文庫
書下ろし

佐伯泰英「交代寄合伊那衆異聞」シリーズ

□（購入）
□（読了）

第一巻 ISBN-4-06-275136-4
変化《へんげ》
安政地震の報に信州伊那から座光寺家江戸屋敷へ駆けつけた若者藤之助。当主左京は焼失した吉原で妓楼の八百四十両とともに女郎瀬紫と消えた。

第二巻 ISBN-4-06-275270-0
雷鳴《らいめい》
将軍家定との謁見をすませ、藤之助は旗本家当主に就く。先代の実家品川家が刺客を送り込めば、女郎を追った横浜では青龍刀の達人が迫る！

第三巻 ISBN-4-06-275400-2
風雲《ふううん》
千葉周作なき玄武館を道場破りが襲う。喉を狙う長刀に天を突く構えで応じる藤之助。老中堀田正睦より長崎行きの命が下り、初めて嵐の海へ！

第四巻 ISBN-4-06-275556-4
邪宗《じゃしゅう》
長崎で剣術教授方に就いた藤之助は、闇討ちを図る佐賀藩士を撃退し、出島で西洋剣術に相対する。玲奈との出逢いが異国への眼を開かせた。

第五巻 ISBN978-4-06-275698-3
阿片《あへん》
丸山遊女の服毒死は阿片か。藤之助は密輸の現場を目撃し玲奈は黒幕をあぶり出す策を思いつく。二人が絆を深めた朝、長崎の空を舞ったのは？

第六巻 ISBN978-4-06-275888-8
攘夷《じょうい》
浦上三番崩れの苛烈なきりしたん狩り。玲奈の母たちにも追及の手が!?そして玲奈の祖父高島了悦が人質にとられ、藤之助は決闘の地へ急ぐ。

佐伯泰英「交代寄合伊那衆異聞」シリーズ

講談社文庫
書下ろし

（購入）（読了）

□□ 第七巻 上海《しゃんはい》
ISBN978-4-06-276034-8
海軍伝習所を無断で空けた藤之助はきりしたん摘発に燃える大目付から厳しい拷問を。気がつくと大海原に。行先は列強が租界を築く清国上海！

□□ 第八巻 黙《もっ》契《けい》
ISBN978-4-06-276210-6
謹慎中にひそかに玲奈と渡った清国で、藤之助は幕府存亡の危機を自覚する。長崎への答礼は、町じゅうの敵、大目付大久保純友との対決だ！

□□ 第九巻 御《お》暇《いとま》
ISBN978-4-06-276211-3
無敵の南蛮剣を玲奈の母から譲り受け、藤之助は長崎を後にする。当主の見違える偉丈夫ぶりに驚く江戸屋敷。文乃を連れ、藤之助は故郷伊那へ。

□□ 第十巻 難《なん》航《こう》
ISBN978-4-06-276344-8
矢傷負った藤之助を故郷の山河が癒す。幕府存亡の危機を説く藤之助に下田行きの命が。亜米利加総領事ハリス相手に交渉は難渋極まっていた。

□□ 第十一巻 海《かい》戦《せん》
ISBN978-4-06-276461-2
洋式帆船ヘダ号の指揮官に藤之助が指名された。アームストロング砲のお披露目は、因縁の老陳との砲撃戦。追い込まれた玲奈らを救えるか!?

□□ 第十二巻 謁《えっ》見《けん》
ISBN978-4-06-276629-6
下田のハリスは将軍謁見を望む。藤之助にハリス一行の大行列護衛の密命が。玲奈を通詞に、伊那衆を率い、水戸の攘夷派浪士団が潜む峠へ。

佐伯泰英「交代寄合伊那衆異聞」シリーズ

講談社文庫
書下ろし

□（購入）
□（読了）

第十三巻
ISBN978-4-06-276786-6
交易《こうえき》
若き日の坂本龍馬と邂逅した藤之助はヘダ号を率い外海航海に。香港で、十六名の陸戦隊は彼我の差を嚙みしめ、大英帝国艦隊との閲兵式に臨む。

□
□
第十四巻
ISBN978-4-06-276948-8
朝廷《ちょうてい》
日米通商条約の勅許をめぐる幕府と朝廷の交渉が暗礁に乗り上げている京に入った藤之助。祇園の芸妓から、堀田正睦刺客団の動きを報され!?

□
□
第十五巻
ISBN978-4-06-277053-8
混沌《こんとん》
東方交易の商船隊長として、帆船レイナ一世号で上海を再訪した藤之助。港で強奪された英国商会の売上金を取り戻すべく、暗黒街に潜入したが。

□
□
第十六巻
ISBN978-4-06-277240-2
断絶《だんぜつ》
藤之助の不在が続いた座光寺家江戸屋敷に、お家断絶、当主切腹の沙汰が下される。レイナ一世号を離れ、江戸に戻った藤之助を待ち受けたのは?

□
□
第十七巻
ISBN978-4-06-277361-4
散斬《ざんぎり》
座光寺一族は交易で生きるべきか。江南の水郷を行く藤之助主従。船頭は、黒蛇頭から逃れた男だった。そして井伊直弼の手下らが魔の手を伸ばす!

□
□
第十八巻
ISBN978-4-06-277505-2
再会《さいかい》
黒蛇頭の内紛に巻き込まれ、囚われの身となった座光寺藤之助の運命は?玲奈は遠くマラッカの地で父の消息を聞く。父娘再会を果たせるのか!?

講談社文庫
書下ろし

佐伯泰英「交代寄合伊那衆異聞」シリーズ

□(購入)
□(読了)

第十九巻　茶葉《ちゃば》

藤之助は劉源やヘダ号一行と交易品を求め、長江を遡り揚州へ。茶葉をめぐる英清間の熾烈な争いを知る。そして上海で懐かしい船影を見つけた。

ISBN978-4-06-277637-0

〈以下続刊〉

※佐伯泰英事務所公式ウェブサイト「佐伯文庫」
http://www.saeki-bunko.jp/

※講談社文庫「交代寄合伊那衆異聞」ホームページ
http://www.bookclub.kodansha.co.jp/books/inashuibun/

新刊情報などが充実しています。ぜひご覧ください。